情满高原

萨娜吉 著

西藏人民出版社

图书在版编目(CIP)数据

情满高原 / 萨娜吉著. -- 拉萨 : 西藏人民出版社, 2021.10

ISBN 978-7-223-06943-4

Ⅰ. ①情… Ⅱ. ①萨… Ⅲ. ①散文集 – 中国 – 当代 Ⅳ. ①I267

中国版本图书馆 CIP 数据核字(2021)第 175740 号

情满高原

作　　者	萨娜吉
责任编辑	吉普·次旦央宗
封面设计	格次
出版发行	西藏人民出版社(拉萨市林廓北路 20 号)
印　　刷	拉萨市明鑫印刷有限公司
开　　本	850 × 1168　1/32
印　　张	7.25
字　　数	120 千
版　　次	2021 年 11 月第 1 版
印　　次	2021 年 11 月第 1 次印刷
印　　数	01–1,000
书　　号	ISBN 978-7-223-06943-4
定　　价	36.00 元

序

萨娜吉就是胡月花，胡月花就是萨娜吉。“萨娜”，在土族人的语言中是“想念”“思念”之意。加上“吉”，可以是一种思念的状态，或者过程。因此，在我这个土族人看来，萨娜吉是一副让人充满幻想的美丽图景。几年前，我关注到她开始以萨娜吉为笔名，不断在各种平台、刊物上发表诗歌、散文，敬佩不已。萨娜吉是我中学时代的同窗好友，我们共同走过了学习资源相对匮乏、物质生活相对贫瘠、精神世界相对迷茫的青涩年代。在那样的时空环境下写作，对于包括我在内的诸多同学而言，是一项令人望而却步的学习任务。然而，萨娜吉是时代的“异类”，她喜欢写作，享受写作的乐趣。诗歌、散文、随笔……多样化的写作训练，积淀了她深厚的文字功底和文学修养。她的诗歌集《圣洁西藏，我们的家园》早已问世。散文集《情满高原》出版之际，邀我作序，我甚感荣幸，欣然答应。

初读大作，品味到了萨娜吉源于生活又高于生活的炽热情怀。

一是满满的高原情怀。长期以来，神秘的青藏高原是文人笔下的圣地。雪域高原的圣洁、神秘和浪漫，为萨娜吉的作品注入了丰富的滋养。雪山草原、蓝天白云、牛羊牧人、虔诚的朝拜者，宛如诗情画意。雅鲁藏布,泽当,乃东,错那…… 这许许多多在我看来那么遥不可及而高不可攀的地方,离萨娜吉那么近,那么亲,让我倾慕不已,但也只能心向往之。好在通过阅读萨娜吉在这些地方发生的一件件故事,领略此地彼刻的风土人情。在“嫁给西藏”一文中,萨娜吉更是诉说了与西藏的不解之缘。殊不知,从青海高原到西藏高原,萨娜吉依然甜蜜地依偎在青藏高原的怀抱中,爱着西藏,恋着青海。

二是土乡情怀。萨娜吉的文字中,少不了关于土族的述说。在土乡长大的我们,儿时每每遇到大喜之日,免不了过去“凑热闹”——看看谁家的待嫁新娘哭得更加令人心生爱怜,谁家的道拉把式们声音更加嘹亮以至于让“东家”蓬荜生辉。“土族新娘——哭得有味、笑得高贵”一文,应该是想弥补萨娜吉出嫁之日未能经历土族传统的婚礼习俗——哭嫁,报答家中长辈养育之恩和兄弟姐妹陪伴之情的遗憾。因为在土乡,随着时代的变迁,考上大学、拿到铁饭碗的女孩子往往会略过哭嫁环节。书中还回味了很多关于土乡的风土人情、神话传说乃至爱恨情仇,读起来令人思绪万千。

三是浓烈的公安情怀。作为一名从业二十余年的基层民警,萨娜吉在忙碌的工作之余坚持写作,成就卓著,成为基层警界“一支笔”。文由心生,文自生活。《情满高原》也不乏对警界生活的再现,特别是战友情、公安情。我想,只有内心有了深切的感触,写的东西才会如此打动人和感染人。我尤其喜欢阅读“我爱这身蓝”一文。萨娜吉心里装满了浓烈的公安情怀,文字便成了自然流露出来的情愫。

说不尽道不完的情怀,还是请诸位读者朋友细细品味吧。

"哎……哟……上去个高山望平川，平川里有一朵牡丹。哎……哟……看起来容易摘起来难,摘不到手里是枉然。"格桑花开的季节,愿我们相约高原,漫两声高亢的"花儿",品两杯醇香的青稞酩馏,追忆过去,把握当下,畅想未来。

是为序。

桑国元

2021 年 10 于北京师范大学

(桑国元,土族,青海省民和县人。北京师范大学教授,博士生导师)

目　录

夏天，请你到泽当听雨

泽当，一个美丽神奇的城镇，不仅有美丽的风景，更有许多神奇的故事和传说。这不，泽当的雨都那么风情可爱，韵味十足。

泽当的雨，总是在夜里偷偷地下。细心点的，会发现那滴滴答答的声音，粗心点的总也不知道这雨是啥时候下的。你总会在清晨，在湛蓝的天空和红日光芒下发现草坪、林间、农田一片湿润，这才会注意到雨的痕迹。

泽当的雨季比较长。往往是刚脱去大衣、毛衣没几天，这雨季就急忙上赶着来了，所以夏天总也上不去温度，高温也在舒适凉爽的摄氏 24 度左右。雨季基本是从 6 月份开始，一直延续到 9 月，且大多是晴日夜雨，妙曼有趣。

如果说冬天的泽当以风为主旋律，那么夏天的泽当无疑就是雨的主调。泽当的风虽然也有轻盈、柔和的一面，但总体来说还是张扬、不羁的多一些。尤其是冬天的风，一阵一阵惊天动地、鬼哭狼嚎的声音，总是以他特有的方式扰了清梦，烦了思绪。而泽当的雨，显然却温润得多，低调得多，经常是淅淅沥沥，润物细无声。如果把泽当的风当做一个粗犷的男人，那么泽当的雨无疑就是一个害羞的姑娘，玉面半掩，含情脉脉。

雨是大地母亲最宠爱的女儿。从半雨半雪的春季开始，庄稼瓜果蔬菜伴随着小草一起发芽，在雨水的滋润下开始了“你方唱罢我登场”的疯狂生长。泽当所处的雅砻河谷自古以来就是西藏的粮仓,西藏历史上的第一块农田“索当”就在离泽当不远的雍布拉康脚下。泽当的雨,以她女性般的柔韧,从2100年前开始滋润着这块农田,如今2000多年过去了,这块农田依然保持年产青稞多达600公斤的现状!岁月变迁,有多少变化模糊了历史的轮廓,但有那么一块农田,竟然依旧保持了她2000年前的神圣模样,这不能不说是一个奇迹!

泽当的雨,不仅滋润着大地万物,也滋润着热情的雅砻儿女。比起达尔文古猿进化成人的学说,泽当猴子变人的故事如出一脉却更加生动活泼。如果达尔文有幸听到这个神话传说,不知会作何感想?一个在贡布日神山修行的神猴与一个罗刹魔女的结合诞下人类,而当年“猴子玩耍的坝子”成为今天的“泽当”,哪个城市还有比这更震撼、更霸气的故事?如今,贡布日神山依然以他最完整的形象默默地守护着泽当,猴子洞也保持着它最原始的状态。泽当的雨啊,当年的你,是否也是以这样的温润乖巧促成了那个浪漫千古的幽会?若神猴有灵,魔女有知,看到今天的泽当是否会为他们的儿孙繁衍昌盛感到骄傲?

雨水能冲刷昨日的种种脚印,却冲不走历史的足迹。距离泽当约十公里的雍布拉康作为西藏历史上的第一座宫殿,距今已有2200多年的历史。从西藏第一代藏王聂赤赞普建造,到成为松赞干布和文成公主的夏宫,乃至今天的朝佛和旅游胜地,雍布拉康就是历史的活页书。以今天的眼光,你可别小看这小小的碉楼式建筑,2200年前的中国也即汉高祖刘邦始建汉朝之时,在自然条件恶劣的雪域高原那时就有这么雄伟的建筑本身就是一个传奇!历史沧桑巨变,2000多年的风雨洗礼,古老的建筑巍然屹立。不停的雨啊,你可曾在这里看见赞普的身影？公主的笑？

泽当的雨,成就的可不止这些。泽当,做为藏族和藏文化之发源地,除了西藏历史上的第一块农田、第一个藏王、第一座宫殿,还有第一间房屋、第一座寺院都与他有关,甚至新西藏的第一个党支部也在这里！泽当,藏族的摇篮,西藏的根！

丰沛的雨水,不仅带来泽当丰富的物产,也给城市的美景加分。春天伊始,桃花、樱花、丁香等在泽当争艳斗芳,近年来绿化引进的60余种树种更是点缀在城市各处。在格桑花遍地扎根的同时,泽当周边还有不少的花苗圃,各种花卉应有尽有并按时令供销,成为美化家居、环境的必备之物。

一枝独秀不是春,百花齐放春满园！泽当的雨水,在滋润百花的同时,也浇开了民族团结之花,藏、汉、回、门巴等20几个民族群众在泽当和睦相处,互帮互助亲如一家。来自五湖四海天南地北的创业者、经商者、打工者及游客在这里聚集,徜徉,同时也带来泽当的百业兴旺和蒸蒸日上。泽当还是个时尚的城市,藏餐、中餐、西餐应有尽有,酥油的清香,咖啡的情调,茶的芬芳随你所爱。傍晚的各个广场上,传统的民族"锅庄"与流行的"大妈舞"各不相让,各种习俗、南腔北调在这里汇聚、碰撞又被包容合一,形成一道别具特色的"泽当Style"！

泽当的雨是泽当的风景。藏族阿佳拉的长裙、回族阿哥的白帽、年轻僧人的袈裟、以及"老外"的高鼻梁更是泽当的风景——流动的风景,别样的风景！

泽当的雨声是泽当的音乐。寺院的诵经声、藏歌的旋律、校园孩子们的嬉戏声,以及各种流行的小调更是泽当的音乐——和谐的音乐、幸福的音乐！

夏天，请你到泽当听雨——似风的自由、云的流畅，那是远古在诉说、未来在呼唤，那是爱的低语、情的呢喃！

雨后的泽当，你可以在附近的草坪、树林采集众多的蘑菇，也可以采集有关泽当那些美丽动人的故事——贡布日的经典，雅鲁藏布的传奇！

于 2015 年 5 月

（本文曾获“藏源山南”有奖征文一等奖。并编入书籍《山南印象》）

情醉乃东

最喜欢看初春的桃花，那娇艳的色泽与风中楚楚动人的样子，很是惹人爱恋。而这时，稍远处山顶上的积雪尚未消融，寒光闪闪的一片，正好与山下的桃花相映成趣，别有一番风味。独特的季节，同时体现在人们独特的着装上，怕冷的，棉衣尚未褪去，怕热的，已经穿上短袖蹬上凉鞋，如此的冰火两重天，让人不禁感叹，这别样的乃东！

最留恋夏日的泽当，天是那么蓝，树是那么绿，清晨的空气中弥漫着桑烟的味道，处处萦绕着藏歌的舒畅旋律。我总是在傍晚时分，约上朋友或带着孩子，在林荫带散步，在街上闲逛，看雅江的万种风情，赏贡布日山的绰约风姿，想象当年猴王和罗刹女在这片土地上嬉戏、繁衍，松赞干布和文成公主在这里漫步、低语，还有多少不为人知的美丽故事在这里悄悄上演，哦，这迷人的乃东！

秋天的记忆，莫过于窗前那一片金灿灿的杨树叶。办公楼后面小道上那数棵白杨树，哨兵一样整整齐齐、钻天而上。而多年来，从办公室望去，我的目光刚好可以与这些白杨树对视。我欣喜地看着他们发出新芽报春，也带着无限的留恋看着那一片绿色不知不觉中变成金黄。那是一片无法用画笔描绘的金黄，是一片无法用语言准确表述的金黄，每一片树叶的颜色都是晕染得那么均匀、统一、整齐，仿佛从头到尾他们似乎只是用一片树叶组成。尤其是在傍晚，夕阳的映照下，那一片金黄实在是惹眼、醉人。秋天是收获的季节，而在我看来，这些杨树叶，用平凡的生命表达的是另一种谢幕前的高潮，是不朽的生命礼赞！就像平凡的乃东人民一样，团结、向上、低调中难掩生命的张力——这美丽的乃东！

冬天悄然来临，大地开始了冬眠。不同的是，这里的冬天却没有南方的阴冷，没有北方的严寒。巧夺天工的地理位置，使这里的冬天多了一份温暖。白天，农闲的人们三五成群或在茶馆喝茶、聊天，或在琳琅满目的市场随意购物、溜达。晚上，伴随着优美的音乐，各个朗玛厅歌舞升平，吟唱着无尽的欢乐和吉祥。一杯青稞酒、一曲亚拉索，这里的快乐是那么简单，这里的幸福是那么单纯——这欢乐的乃东！

和同事一起下乡，在碰到出行不便的乡民挥手搭车时，只要车上还能坐人，同事就停车，给同样热情的乡民送一份方便。这几乎成了我回归故里每每炫耀的一件事：我们那边的干群关系可好了，譬如说遇到老百姓挥手搭车……也是在下乡路上，偶遇放学的小学生，带着鲜艳的红领巾整齐地排队前行，遇到警车驶过来，全部立正，面向警车敬礼……我在刹那间被感动得几乎流泪……这纯朴的乃东！

就在近年，年轻的十一世班禅大师有幸前往乃东礼佛、并看望他虔诚的子民。那是怎样震撼的场面啊！他走过的每个地方，桑烟熏染了天空，抛向他的哈达铺成了一地长龙，闻讯而来的群众人山人海。人们不远千里迢迢而来，只为一睹大师的年轻尊容。踮起脚尖远远地张望，不由自主虔诚地膜拜，信仰的力量原来是不需要任何的感召，它原本就在每个善良人的心中生生不息……啊，这圣洁的乃东！

如今，已在这里工作、生活多年的我，亲眼见证着每一条道路的改善、每一个建筑的拔起、每一家店铺的开张，也见证着这片热土上所有的喜怒哀乐和翻天覆地的变化。同样的见证者，除了土生土长的乃东人，还有那络绎不绝的游客。从当初的坐几天几夜汽车颠簸进藏，到飞机、火车及越来越便捷的交通和日益繁荣、走向现代化的乃东，相信他们的心中一定有个特别的乃东。古老的雍布拉康在现代文明的撞击下更加古朴、壮观，贡布日神山在历代建设者的尽心呵护下，依然保持着原始的完美、神圣，传统文化与现代文明的巧妙结合，呈现给人们的是一个更加富有魅力的乃东！

回想在乃东的点点滴滴，我常常陶醉在余音绕梁的动听歌声中，迷醉在欢快优美的锅庄舞蹈中，熏醉在桑烟芬芳的迷人香气中，沉醉在蓝天白云带来的无限遐想中，梦醉在脚下这片土地的纯净和清静中，情醉在生活于这片热土上万千雅砻儿女那绵长悠远的刻骨柔情中……

爱上乃东，我爱得无怨无悔。情醉乃东，我醉得酣畅淋漓……

于 2013 年 7 月

（本文曾获第二届“藏源·藏缘”征文入围奖。编入书籍《感悟山南》）。

为西藏自治区成立五十周年献礼——

天路，向远方

世界屋脊之巅，离太阳最近的地方有一块净土，是西藏。这里雪山连绵、大漠横亘，草原秀美、山林奇特，湖泊星落、江河壮丽——无限风光在险峰，绝美奇景独领风骚唯此无二。

在崇山峻岭、大漠深谷之间，高原先民用脚步、马蹄、索道、牛皮筏等开出了一条条小道，用雪域的牛羊乳酪、山货药材换来中原及周边的茶叶和各种日用品。远去的马蹄声，归来的行人，在多少年的高原大地上曾经是最忙碌、也最壮观的画面。

然高原恶劣、凶险的自然条件，使多少勇士在熟悉的茶马古道中闯入了鬼门关，走上了不归路。据说文成公主沿唐蕃古道进藏，从长安到达拉萨用了近三年的时间！夕阳、古道、马帮、奶茶，想象中的美丽画面不知隐藏着多少艰难和辛酸。天路——这真是一条天路，不仅因为是世界上最高的路，也因为是世界上最难走的路。

天堑变通途，曾经那是多么可望而不可及的梦想啊！

时代变迁、天地翻新。随着新中国的成立，雪域高原迎来了从未有过的太阳和光明。1950 年，在伟大领袖毛主席“一面进军、一面修路”的号召下，中国人民解放军和藏胞一起开始修建青藏公路和川藏公路。于当时简陋的条件，人民解放军及公路建设者硬是拼着钢铁般的意志和信念，用人背畜驼，于 1954 年全线修通了青藏、川藏两条公路，雪域圣地，终于有了两条输送生命之液的大动脉！

当然，历史也会铭记，两条天路，有3000余名修路志士英勇牺牲在建设途中——生命通道，那是用鲜花一样年轻的血肉之躯铺就的！

在那个崇尚信仰，以吃苦为荣、以牺牲为荣纯洁无比的年代，人的意志比钢铁还坚硬。同样在那一代人的付出下，新藏公路于1957年通车，滇藏公路于1976年通车，困绊了多少代人的天路，最终在英雄的建设者面前匍匐低头。

新的时代，新的目标。西藏要跟上现代化的脚步，只有公路是不行的。开启“空中走廊”的西藏民航，又是不可或缺的“空中天路”。1965年，就在西藏自治区成立的那年，北京—成都—拉萨的航班正式通航，开辟了西藏民航新篇章。神鹰展翅，霞光灿烂，时空在瞬间被改变，祖先想都不敢想的事变成了现实，雪域高原离祖国各地和世界的距离变得越来越近。经过50年的发展，如今的西藏民航形成了拉萨贡嘎机场、昌都邦达机场等拥有五个机场及西藏航空、中国国际航空等多家航空公司参与运营、开辟40余条航线的空中交通网，一张机票变得不再昂贵，轻松的“空中走廊”也不断成为更多普通人的出行选择。

看西藏“天路”的改变，最能理解什么叫“突飞猛进”、“改写历史”。在科技高度发展的今天，原本的困难和天堑不复存在。2006年，因各种困难多次停建的青藏铁路全线贯通，又是一件举世瞩目、惊天动地的壮举！“一条条巨龙翻山越岭，给雪域高原带来吉祥”，紧接着，青藏铁路支线拉日铁路于2014年通车，几代人的渴盼和努力，多少异想天开、超出想象的壮举在高原再次变为现实！

路，千万条，或许可以有千万种走法。最难走的雪域天路，一旦借助东风之力，竟也有鹏程万里扶摇直上之日！曾经的马蹄声、索道和牛皮筏变得越来越遥远，大街小巷奔驰、停放的各类汽车已经彻底颠覆了传统的出行，越来越便捷的交通，让雪域圣地与世界的距离就在触手间！

于今天的科技和发展进度，计划中的京藏高速公路格拉段（格尔木—拉萨），拉日铁路日亚段（日喀则—亚东）及川藏铁路的全线贯通应是指日可待。再稍微大胆的想象一下，随着习近平总书记“一带一路”战略的实施，高铁、动车、地铁是否有朝一日也会通到西藏各个角落？

天路畅通，幸福永久。当多少个“不可能”成为事实，五彩斑斓的美丽西藏，在中国特色社会主义的康庄大道上，走出的是更加壮美绮丽的幸福之路。行人归来，马蹄远去，在新的建设篇章中，曾经的唐蕃古道、茶马古道必将与新丝绸之路一起，在西南边陲变得更加繁华、更加举足轻重！

历史流转，不过弹指一瞬间。雪山连绵不再拦路，大江奔腾不再困绊出发的脚步，“世界那么大，我想出去看看”变得多么容易。

天路，向远方。

有幸生活在这样一个时代是多么幸福。

于2015年8月

这个冬天，雁群划破了冰冷

这个冬天特别冷。老人说逢八年往往有灾难，像民国十八年，和新中国五八年的饥荒，像二零零八年的汶川大地震。而刚刚过去的二零一八年，青藏高原无疑迎来了多年间最大的降水量，整个夏秋季都是连绵不绝的雨，怕冷的我总是无法脱下毛衣。八月下旬休假回青海老家，原想着总算可以暖和一下了，谁知那边的雨季比山南更是有过之而无不及，到处都是被雨水冲毁的路段和桥梁，川大高速因塌方中断，当地的传统民居庄廓（土墙夯砌的四合院）经不住这雨水的绵绵浇灌，个别倒塌……而在西藏，紧接着的雅鲁藏布江水大涨，不仅在山南市造成了少量损失，洪峰过境更是在林芝市造成山体垮塌和堰塞湖，威胁一方安全……

雨水充足的年份，冬天的雪也没有吝啬。十二月中旬的一场大雪给人们带来惊喜的同时，气温也随之骤降，狂风雷声般轰鸣，严寒覆盖了每一寸大地。山南市还没有实现城市供暖，零下十几度的气温下，室内穿着羽绒服还得加电热毯、电暖器、捂着毛毯等才坐得住，不知道海拔更高的边远地方又是何等的严寒?！就在这样冰冷的清晨，我瑟缩着艰难地从被窝里爬起来上班的时刻，几乎天天都能听到头顶飞过的斑头雁的欢叫声，有时候是一群一群，有时候是几只几只。他们欢快地鸣叫着，排着熟悉的“人”字形、或“一”字形队伍，拖儿带女“唰唰”整齐地飞过城市的头顶，飞向南边昌珠镇一带的田野，在那里新发芽的冬麦地里觅食。傍晚时分，他们又成群结队飞向北边的雅鲁藏布江边栖息。不知是不是酷冷影响了雁群的生活，这个冬天看到的雁群似乎比往年多，昌珠镇一带的麦地里，往往是一片一片数百只集中觅食，中间还夹杂着些许黄鸭。作为经常在雅鲁藏布江边生活的鸟类，他们对来来往往的车辆已经习以为常毫不在乎，但对人还是有很高的警惕性，稍稍发现异常就立刻起飞，“嘎嘎”一片欢腾了时空，划破一片寂寥。

“雁过留声，人过留名”，大雁于人们从不陌生，雁群的鸣叫似乎是他们存在的另一种形式和证明。埋头在忙碌的工作和彻骨的严寒中，深沉隽永的雁叫声总是突然之间给我一阵莫名的喜悦和激动，让人瞬间忘了一切。这是多么有灵性的鸟啊！他总是在固定的时间，以固定的姿势飞翔在固定的天空，以鲜明的方式宣告着他们的领地，宣告着他们的存在，像极了固边守疆的无名勇士，也像极了坚守在西藏各个地方与高寒、缺氧等恶劣气候环境作斗争的人们。而西藏的圣洁可爱，就是任由他们在村落、麦地、城市周边自由翱翔、栖息、觅食，却不会有人去惊扰、捕捉他们，好像他们就是自己家里养的一样……生态环境良好，人与自然和谐相处，由此可窥一斑。

“远飞的大雁，请你快快飞，捎封信儿到北京，翻身的农奴想念恩人毛主席”，鸿雁传书古来已久，南来北去的大雁啊，曾经更是牵动了一代人的思念。想起身边的藏族朋友经常说的一句话：“我以毛主席发誓”——人有泰山鸿毛之分，有些人注定永远活在人们心里，他的份量是谁也撼动不了的。

而最近的工作中排查到一处安全隐患时，有人告诉我那是某某负责的项目，隐患从当初就一直存在……想来那人离开这里恐怕已有十多年,而他的名字还在此地发黑。相信大雁每年都会带着美丽欢快的鸣唱飞过这片安宁的土地，而有些人明明还活着,却早已淹死在众人的口水里……

随着春节、藏历新年的来临,街上的行人愈来愈少,“有钱没钱,回家过年”成为每一个人心中最诚挚的期盼。“雁字回时,月满西楼”,鸿雁有期,永远是思念和归家的代名词,多少身在远方的游子啊,见雁情动,相思难耐。但是,有那么一部分人,是注定有家不能回的,是注定要用燃烧的青春、甚至生命,来捍卫一份尊严的。那尊严里,有着挺直的脊梁,眷眷的家国情怀,无声的坚强,和隐去的泪水……雁阵有序,从来是团结和纪律的象征,正因为有了他们舍小家顾大家、无限柔情化作的铁骨铮铮,才好似雁群有了坚强的领头雁,时代的螺丝钉才不会松懈,祖国大地春天的鲜花才能年年盛开……

“西风烈,长空雁叫霜晨月。霜晨月,马蹄声碎,喇叭声咽。”日月作证,这个冬天,这里有彻骨的严寒,美丽的雁群,和无声中坚强的人们!有一种豪迈和悲壮,也唯有伟人毛主席的诗词可以形容,就以伟人的《忆秦娥·娄山关》来结尾,与风雪无阻默默坚守西藏的各位志士共勉吧:

“西风烈,长空雁叫霜晨月。

霜晨月,马蹄声碎,喇叭声咽。

雄关漫道真如铁,而今迈步从头越。

从头越,苍山如海,残阳如血。”

于 2019 年 01 月

桑耶散记

1

适逢国庆节，自己的值班工作轮完，也无甚事，便到桑耶寺陪伴依然值班不能离岗的他——作为驻寺干部的家属，我们便自然地成了现实版的“牛郎织女”，随着聚少离多两边各吃食堂，很少开火的家总觉得很不真实。有空互相陪陪，也成了一种奢望。

再一次走在桑耶寺院小径时已经是午饭后了。天气甚好，蓝宝石般透彻深邃的天空，白云这边一团、那里一堆的随意徜徉，不断变换造型。那深深的蓝配上惹眼的白，如果说想象，恐怕没有什么比西藏的蓝天白云更能给人以想象的空间了。我常常想，如果有时间，仅盯着头上的蓝天白云，也应该能很惬意地度过一天吧？就在这样的蓝天白云下，寺院安静地坐落在绿树芳茵中。从院内小径缓缓踱去，主殿气势雄伟，夺人眼魄。白、红、黑、绿四塔位置醒目，坐落在四周的各拉康殿堂宁静安详。院内有五明佛学院分院，优雅静谧的院落里有僧人在辩经，那击掌问答的架势和学校的辩论赛如出一辙。院内有不少老柳枝叶依依，间有成群的麻雀啾啾而歌，不仅想起仓央嘉措的诗句“柳树爱上了小鸟，小鸟也爱上了柳树。如果他们相亲相爱，苍鹰就没有机会”。行走在西藏的寺院，总是能感受到什么是清净。这里没有一株成百上千的香，没有刻意渲染的各种推销，也没有商业化模式的昂贵门票……你，来或不来，它都静静地坐在那里。懂的，你就好好观摩那些绝世的壁画、建筑、佛像。不懂，略一游览，是否朝拜都没关系，一切都按各自心意。

相比里面的众多殿堂、拉康，我更愿意绕着外墙转悠。行走在外墙小路，艳阳映照下，墙顶上的1008处白色塔刹列兵一样整齐匀称地分布，显得肃穆壮观。不时有行人绕墙顺时针而转，对于那些远道而来的朝圣者而言，有机会这样内外的都转一圈应该是幸福的吧？难得转一圈，正在忘情拍摄壮观景象时，一女子夹克衫牛仔裤加宽沿帽从身边碎步而过，并对我笑问，“你是汉族吧？穿的这么时髦一定是汉族对不对？”，“哦，汉族啊，差不多吧”，我敷衍了一句。“以为你一定是汉族，结果一开口全是藏语。”藏语？我明明是用汉语回答的好不好？“看你的样子，你是来旅游的吧”？“我是来朝圣的……”我口中的汉语在她听来怎么就变成了藏语，我不明白。就像我认为她是来旅游的，她偏说是来朝圣的……有意思的路过，问的人和答的人一样匪夷所思，一样的散漫随意。

寺院南大门对面一溜全是藏式建筑的茶馆、家庭旅馆、商店等服务业，从停放密密匝匝的车辆来看，生意应该很不错。来来往往的行人中，间或有一条、两条的狗或卧或行，或当众交配。也有个别的牛，同狗一样悠闲地大摇大摆路过，旁若无人。

2

进主殿是第二天上午的事。据说“桑耶”是出乎意料的意思。桑耶寺作为西藏第一座佛、法、僧俱全的完整寺院，修建于吐蕃赤松德赞赞普时期，距今已有1250余年的历史。它的主殿第一层建筑为藏式风格的石头结构，第二层为汉式风格的砖瓦结构，第三层为印度风格的木质结构，标志着印汉藏三地佛教在西藏的汇合。“桑耶寺以象征须弥山的乌孜大殿为中心，周围建有象征四大部洲、八小洲及日月的佛殿”[①]。据说它的整个造型仿照密宗的坛城，象征大千世界……

乌孜大殿正在维修，外围回廊部分因施工而无法通过。因为不是朝佛，怎么转都随自己……跟着朝圣、旅游的人流，扶着咯吱咯吱的古老藏式木质楼梯，径直上了二楼。一股浓浓的藏香味扑鼻而来，二楼大殿内香雾弥漫，青烟缭绕，“那一天，我闭目在经堂的香雾中，蓦然间听到了你诵经中的真言”，与仓央嘉措有关的诗句就这样再次闯入脑海，与身边口诵真言，虔诚膜拜的香客而言，穿着高跟鞋黑小裙黑丝袜的我从内而外似乎更像是一个“捣乱者”。乌孜大殿平时不让穿着裙子的女性入内，不知是运气好还是黑裙黑丝袜没人注意，我就这样蒙混过关顺利进去了。“默想上师的容颜不曾看见，不想情人的面孔却在眼前”，“至诚皈命喇嘛前，大道明明为我宣。无奈此心狂未歇，归来仍到那人边”，遥想当年，年轻的仓央嘉措那智慧的尊容，也是在这样的香雾弥漫中，作着修行与俗念的纠结，写出了那些旷世绝唱吧？

但是，桑耶寺和仓央嘉措似乎找不到什么关联。据查，六世达赖仓央嘉措诞生于公元1683年，比桑耶寺的修建晚了近900余年的历史。说桑耶寺，不得不说莲花生大士。据说桑耶寺在修建之初，遭到本地多处妖魔鬼怪的破坏，赞普赤松德赞最后从印度迎来莲花生大士降妖镇魔，并让他们协助修建寺院，寺院才得

[①] 赤列曲扎著，《西藏风土志》，西藏人民出版社，第93页。

以修建成功。

从乌孜大殿出来,无事闲转。再次走到佛学院附近时,被一阵很奇异的声音所吸引,不由得又走进去驻足观看。这下真正看到了很壮观的一幕:小林中僧众或坐或立,或问或答,一片朗朗的诵经、辩经声,多么像极了学校的早自习!只见绛红色的僧衣翩翩而过,多少年轻的面孔充满了求知的渴望……一日之计在于晨,上午的时光无论对谁都是那么宝贵,透过院墙上摆放的数盆鲜花,我在红色的袈裟中分明看到了备战高考的学子模样:时不我待,分秒必争!

还沉浸在僧人们的忘我学习中,抬头处却传来乌孜大殿维修工的歌唱声,一阵一阵悠长的男声合唱和女声合唱,那是他们在打阿嘎土,唱的是专门的打阿嘎土时唱的歌,手上的工具随着歌曲的节奏不停地变换动作……这几年随着生活节奏的加快,已经很久没有看到这种边歌舞边劳动的情景了。想起刚进藏时看到大冬天的,仍有藏族百姓边唱歌边扬场时惊奇不已,老家的收割打场都是在短暂的十天半月就完成,为何他们秋天收的麦子到冬天才碾压收取还那么悠闲不已?当时只是调侃他们没有一点时间观念。后来下乡少,城市里到处都是忙碌的身影,即便看到很多本地人的劳动,但这种边唱歌边劳动的样子还是极少看到。有幸再次目睹这样的场景,内心真是激动无比!听着他们的歌声,你会感叹劳作并非只有艰辛和疲乏,其实还有欢乐和幸福的!

就这样,一边是雄宏的男声诵经辩经声,一边是悠扬舒畅的民歌,这一个上午,桑耶寺院不仅仅是寺院,它更像是一处广阔的田野,有农夫农妇放声歌唱,有年轻的学生专心晨读,格桑花悄悄在角落开放，成群的鸟儿轻舞在林间草甸……

3

歌曲《圣地拉萨》中唱到："圣地拉萨何处建，拉萨建在湖泊上。头戴金丝缎帽真好看，穿上皮鞋彩鞋真好看。桑耶寺院何处建，桑耶建在沙滩上。头戴鸡公帽子真好看，穿上红色法衣极相称啊"。

桑耶寺属于山南市扎朗县桑耶镇管辖。从桑耶寺东面的哈布日神山望去，寺院与周边的民居错落有致，相依相偎，也不知是先有寺院，再有的村庄？还是先有的村庄、再有的寺院？寺院不远处是静静流淌的雅鲁藏布江，风起处江边有风沙飞舞，正是晚秋虽然绿树依旧成荫，但仍然能感觉到风中传来的沙尘味。"桑耶建在沙滩上"，歌里唱的不错，还真是建在沙滩上呢。但寺院除了院门进去处一大片尚未绿化过的地方至今仍是沙砾外，其余大部分已经在近年被硬化、绿化。随着西藏自治区政府近年寺庙"九有"工程的推进，水、电和宽敞的公路都已通到藏区各寺庙，随着绿化进程的加快，"沙滩上的寺院"应该有望改变。寺院小径旁边，就有股清澈的流水正在灌溉草坪，通水通电通路带来的改变，不可小觑。

桑耶寺的维修复原工作也是大手笔，如火如荼的维修复原工作也在紧锣密鼓地进行。据有关资料显示，"被列为'十一五'西藏 22 项重点文物保护维修工程之一的桑耶寺，其修善工程总投资达 7697 万元"[1]。国家对文物古迹的保护，从来都

[1] "微山南"公众号文章《这座 1200 多年的古寺修缮保护已完成 75%啦》。2016 年 10 月 24 日。

是不遗余力。

如果说在漫长的历史中桑耶寺以单纯的寺院形式存在，那么从五世达赖甘丹颇章政权正式统治西藏开始，政教合一的腐朽制度使桑耶寺的性质也发生了变化。2008 年“3.14”事件后，西藏自治区政府有的放矢、对症下药，在西藏各大寺院都设立了寺庙管理委员会，派驻了驻寺干部，依法将寺庙纳入了政府管理和服务的对象。广大僧尼作为社会主义新西藏的普通公民，享受统一的养老、医疗等保障，为远离政治纷扰、虔信佛法提供了前所未有的福利。

桑耶寺历经千年的历史涤荡，像一个从远古走来历经沧桑的老人，夕阳下正摇着转经筒，默默地诉说着古老而传奇的故事，以他的方式记载着、见证着高原上发生的一幕一幕……

于 2016 年 11 月

（本文曾发表于《西藏人文地理》）

错那，探寻爱的密码

在山南工作生活数十年，却因为一些空洞的忙碌至今还没去过错那。但错那于我并不陌生。勒布沟、玛麻乡、沙棘林、门巴风情、仓央嘉措故乡……漫山遍野的杜鹃花、大把的蕨菜、飞驰的瀑布、幽秘的美景，“一日有四季、十里不同天”，错那——犹如对面的新娘，只待揭开那层薄薄的面纱。

但真正对错那着迷，还是从迷上仓央嘉措情歌（道歌）开始，从那一刻起，错那，就像仓央嘉措的身世一样成为一个待探究的“谜”。

第一次认真品读仓央嘉措情歌，是曾缄的七言古诗版，共66首。这是仓央嘉措情歌的精华与中国传统古诗词的完美结合，辞藻优美，句读工整，韵律朗朗上口：

“心头影事幻重重，化作佳人绝代容，恰似东山山上月，轻轻走出最高峰”。

“至诚皈命喇嘛前，大道明明为我宣，无奈此心狂未歇，归来仍到那人边”。

对于喜欢中华传统诗词的人来说，曾缄版的仓央嘉措情歌翻译堪称完美。流传广泛的“曾虑多情损梵行，入山又恐别倾城，世间安得双全法，不负如来不负卿”即出于此版。

但仓央嘉措情歌，毕竟出于西藏，是西藏的地理、历史、人文孕育了仓央嘉措短暂而凄美的一生，也孕育了流传深远的仓央嘉措情歌。七言古诗版虽完美，但与西藏的实际也许还是有差距。这不，一次偶然逛书店，买回一本西藏人民出版社的《六世达赖仓央嘉措情歌及秘史》，一下子让我对其情歌，亦或道歌又产生了不同的解读。该书共收录了曾缄、于道泉、刘家驹等数十种版本的汉译，数量也从 60 余首到 100 余首不等，字数也有五言、杂言不等，有些诗歌连译者都不清楚到底是仓央嘉措情歌还是西藏民歌？诗歌体裁从讲究韵律的近体诗到新诗，甚至同一首诗，在不同的译者处，理解不同、意义不同，韵味不同！然万变不离其宗，不管哪种翻译，都保留了简短、唯美、深刻的本质和四句体的格式，文字通俗易懂贴近生活，情感真实流露贴近大众，表达直观深刻入木三分，我想这才是仓央嘉措情歌深受大众喜爱的诗歌密码！

“野马跑到山上，可用绳子捉拿；变了心的情人，神仙也抓不住她。”

“白纸写下的黑字，一经风雨就泯没了；未曾写出的心迹，想擦却无从擦起”。

“温香软玉的姑娘，被锦被所拥抱，莫非虚情假意，骗我少年财宝？”

细读仓央嘉措情歌，很难想象这是出自一位宗教领袖之手，但对其出生地错那县门隅一带做一简单的了解，也不难理解诗出有源。仓央嘉措故乡，崇尚藏传佛教宁玛派的错那门隅地区，据说民风开朗、青年男女一直有以情歌求偶表达爱恋的传统。藏传佛教宁玛派做为莲花生大士所弘扬的教派，没有太多的清规戒律，这一派的喇嘛可以娶妻生子。也就是小时候这样宽松的成长环境，给仓央嘉措情歌的诞生提供了贴近民间、贴近大众的创作土壤。

不管何种版本，何种体裁，仓央嘉措情歌可以说是藏地情歌的缩影，也是世间情爱百态的一个微缩影。“美人不是母胎生，应是桃花树长成。你对我的情爱，怎么谢得比桃花还快”；“默想上师的容颜，何曾看见。不想情人的面孔，却时刻在眼前”；“密语难为父母陈，暗中私说与情人。情人更向情人说，直到仇家听的真”。恋爱中的男女，其中癫狂痴傻只有自己体会，若酒之甘醇，茶之清淡，别人无法帮你品尝。细品仓央嘉措情歌，深觉与《诗经》有异曲同工之妙，“桃之夭夭，灼灼其华。之子于归，宜其室家”；“南有乔木，不可休思。汉有游女，不可求思”。有句话说“伟大的灵魂总会相遇”，于品的角度，《仓央嘉措情歌》与《诗经》的灵魂，真是默契相通呢！

读懂了仓央嘉措情歌，阅历了人间情爱，就不难理解仓央嘉措情歌为什么那么受欢迎，也不难理解为什么有真真假假多少种真传、误传的情歌了。经过不同的作者、译者、读者的传播，再加上不同作者、译者、读者对爱情的理解，甚或加上自己的爱情故事，热恋者、失恋者、单相思都能从中找到符合自己情感的一首，如此一来，“仓央嘉措”这个名字，想不出名都不可能了。

“西极苦寒，人歆寂灭，千佛出世，不如一诗圣诞生”。曾缄教授曾在他的《六世达赖仓央嘉措略传》中这样评价。确实，随着仓央嘉措这一诗圣诞生，西藏的高山大漠刹那间温柔，冰川大河一瞬间惊艳，诸佛菩萨突然显得黯淡，雪域众生从此苍凉间多了一道醇香的美酒、甘苦中迎来了一抹斑斓彩霞。仓央嘉措情歌，无疑是解读藏地的一串美丽密码，或咏或歌，其唯美经典永世流淌,艺术成就和造诣无可超越!

基于仓央嘉措情歌的名气,趋之若鹜学习膜拜者大有人在,这不难理解。但在经济利益的驱动下,有些人利用仓央嘉措的头衔进行经济化炒作,行“挂羊头、卖狗肉”狗尾续貂的所谓创作,真正是亵渎了大师,也亵渎了诗歌焉!

鉴于不识藏文,不懂藏语,无法品读仓央嘉措情歌之藏文版,真是人生之大憾。而错那,做为情歌之源,大师之母,怎可少了探寻?

只待杜鹃满山,必将撂却诸多包袱飞奔错那,切身探寻藏地情歌,乃至人间情缘之爱的密码……

于 2017 年 3 月

(本文曾获首届错那旅游征文最佳文化散文奖)

人在高原，花从心底开

好不容易，又盼来了夏天。气温上升到二十多度，终于脱下了厚重的毛衣，甚至穿起了短袖，多么难得的夏天啊！抬眼便是醉人的蓝天白云，太阳暖烘烘的，很刺眼。驱车野外，更是野花遍地、鸟雀欢唱，好一派明媚的夏日风光！

酷爱绿色和山野的我，这夏天尤其宝贵。高原长冬，大半年基本都属于冬天，这夏天不仅意味着充足的氧气，也意味着生机盎然的野趣。譬如去年端午节去了一趟错那县勒布沟，除了发现新大陆样的一个水流世界和各种杜鹃花，还第一次看到了垫状点地梅、藏波罗花、雪山报春等属于藏地的美丽野花。当然这些名称是后来从网络上搜来的，当时并不知其名。她们在海拔四千多米的荒野上突然出现的时候，内心的惊奇和震撼是无可比拟的。想到行走高原时经常看见的各种野花和不知名的植被，不由得想起一个难忘的名字——“时代楷模”钟杨教授，那个用十六年时间盘点青藏高原植物“家底”、为人类收集了 4000 万粒植物种子的伟大科学家。做自己喜欢的事情是快乐的，幸福的，行走在西藏山山水水间的十六年，从事他热爱的事业，虽然艰辛，但我想钟杨教授的内心一定是幸福的。

“青藏高原有 2000 种特有植物，那是每个植物学家都应该去的地方”，钟杨教授如是说。尽管离植物学家距离遥远，但高原各种微小生物所带给我的喜悦和感动层出不迭。春天，市区的桃李在风雪中傲然绽放之际，野地里的蒲公英也迫不及待地打开了一朵朵小太阳，一片又一片，引来无数赞赏的目光。当然，春天的蒲公英、榆钱、紫花苜蓿、蕨菜等是大地母亲献给人类的第一道野菜，曾经青黄不接的时候，这些不起眼的物种不知道救了多少饥荒中的人们；夏天，砂生槐在雅江两岸带来了大片蓝紫色梦幻般的景象，杨柳几乎都要甘拜下风了。同时，红柳，金鸡儿、黄苞南星、棘豆、苜蓿等各种野草野花都开花了，争相斗妍，“乱花渐欲迷人眼”，只要用心去发现，美和喜悦无处不在。野花野草，这些小生命才不在乎有没有掌声和喝彩，抓住高原短暂的春夏，一番潇洒的自顾生长，花开不喜花谢不悲，生命的奥妙被她们阐释得简单如风；秋天，高强度的阳光不仅把树叶，也把山上的各种灌木和草甸晕染得一片五彩斑斓，大自然再一次博得了世人的眼球。别看身边的山看起来光秃秃，要是上去用心观察，依然会看到一层薄薄的植被，夹杂着一些不知名的奇花异果。如果能看到沙棘，那黄澄澄的果实鲜嫩欲滴，摘一颗放进嘴里，酸酸甜甜的味道会让味蕾难忘。山南往东，你可以看到路边有火棘果，蓝天下一片火红，艳丽至极！关于西藏如果你只知道格桑花，那实在是太遗憾了。格桑花确实到处都是，那摇摇摆摆的枝干上挺着八瓣花的格桑花，也叫张大人花，秋天的高原可以说遍地都是。但如果有机会，除了格桑花和城市栽种的园林花草，一定要去看看西藏的野花野草野果，那更是大自然的伟大杰作呢！

冬天的野外，除了雪花也只剩各种树干草根在寒风中不屈抗争。但田野依然是有生机的，大片的斑头雁、黄鸭、还有黑颈鹤等候鸟陆续归来，在雅鲁藏布江边栖息安家，整个冬天他们都飞翔嬉戏在周边，旷野因他们而魅力四射！如果稍稍走一走，运气好的时候还可以看到大群野生的马鹿、梅花鹿等自然的精灵，瞬间让你怀疑这是否还是人间？

这样的西藏，完全属于大自然，也属于热爱它的人们。花自心底开，没有一个积极向上的心态，注定是无法发现和感受自然之美的。一趟归来，我会慢慢从网上搜索一路新发现的花草名称，有时候仅仅为认识了一种新花草而欣喜若狂。当然，西藏的野外不仅有美景，更有不可想象的狂风，高强度的紫外线，甚至不可预知的野兽，还是有点小风险。在市区附近野兽大多数时间是传闻，没那么容易遇见。但高强度的紫外线对我来说无疑是另一种野兽，不知何时起皮肤一见光就过敏，每次出去都得涂抹防晒霜、还需要用帽子等捂得严严实实，也难免局部被紫外线灼伤，一片红疹瘙痒不止。还有狂风，带着翻江倒海的力量袭来时，我总是一不小心就犯偏头痛。即便这样，也挡不住我走向旷野的脚步，正应了那句话：痛、并快乐着。

喜欢歌曲《今生相爱》里的一句歌词："今生相爱，花开不败，冰雪寒风早已化作生命的精彩"。相比大自然的伟大，作为个体的人始终是渺小的，只有深刻认识高原真实拥抱高原，才会真切地爱上高原。人在高原，花自心底开，每一次绽放都有他的艰难历程，看得见的叫鲜活的生命，看不见的叫无声的时光。愿你的生活既有旺盛的绿色能量，也有不谢的四季鲜花。

于 2020 年 7 月

人间胜地，腾飞雅砻

春日雅砻，万物争晖。抬眼处天书湛蓝，白云恣意。山峦静默，残雪为冠。李舞皎洁，桃挂艳红。柳吐嫩翠，杨展素蕊。丁香樱树忙露颜，家卉野草竞时光。山茶杜鹃室内娇，桂枝榆钱逐暖阳。雪山百花相映成趣，绿水蓝天竞树风流。

春风愈渐温顺，蜂蝶相约出穴，鸟鸣声声悦耳。观雅江岸边，野鸭水族群翔，闲鹤悠然自得。驱车乡野，但见千里农田伸腰，冬播麦子抬头。牛羊低头如锦，织就田园牧歌。

天象柔暖，游人始增，城市车辙不绝，行者如鱼，喧哗此起彼伏。农家春耕伊始，农夫农妇盛装而出，耕牛亦焕然装扮，祭天而开耕，歌舞于田间，劳之乐之，开怀爽朗之藏人遗风不曾矢也。

有缘雅砻，十七载前初相识。时日小城，旧街三条、红灯一处，商铺寥寥屈指可数。斑驳老墙记载贫寒，泥泞小道书写艰辛，门前菜地犹忆苦难，更无小轿火车之便，吾民之弱贫实乃哀也。光阴似箭，今朝雅砻，大街宽敞、小巷幽静。酒家林立，茶楼有序。客栈喧嚣、景点哗然。宝马奥迪不再贵气，奔驰路虎视之等闲。八方游客络绎不绝，四海嘉宾竞相赴约。

圣地雅砻，藏域文明之源，红色西藏之根，先贤英杰辈出之地。赞普成王开拓文明，红旗引领向导新生。追往昔，松赞干布雄才大略，文成公主聪慧温柔。吐蕃王朝雄霸雪域，帕莫竹巴再统全藏。红旗砸断枷锁，农奴翻身为主。而今凝神俯瞰，神山圣湖如初，寺庙拉康默立。边境矛戟胜握，乡野夜不闭户。陆运航空繁忙，劳者干劲正盛，一派欣欣向荣，书写人定胜天！

翻天覆地之巨变，亘古绵延之不变。基建日新月异，联通日渐便利，民生蒸蒸日上，此乃变也。蓝天绿水悠长，民风淳朴依旧，文明得之传承，乃不变也。叹高山深峡犹处子，经幡置上祈福。赞城市装扮竞别致，华灯璀璨夜空。看清静农户小院，藏香花香怡人。探城镇小康之家，举国同步无二。

暖风正浓，芳华易逝。草木尚且争春，虫豸也知时节。年轻雅砻，羽翼已成，一带一路送东风，拉萨一体搭便车，改革开放助根本，崭新机遇欲腾飞！

且喜拉萨后院花团锦簇，藏源圣地风采依旧。山川磅礴赋新韵，江河壮丽书华章。腾飞雅砻[1]，万象更新。哈达长展笑迎宾，亮堂新颜候尊驾！

于 2017 年 4 月

（本文曾发表于《西藏日报》，并被编入书籍《雪域·边关我敬你》一书）

[1] 西藏山南市一带史称雅砻。

扎西酒歌

一个随意无拘的小聚
不能喝酒的我
听了扎西的酒歌
比喝了酒还陶醉

分明是室内饭桌
我却看到了无边的草原
奔驰的骏马
和高原男人粗犷彪悍的身影

或者有风轻轻拂过脸颊
青草地毯上野花星星点点
或者皓月当空一片宁静
有情人儿相依相偎私语窃窃

桑日思金拉措的相遇
琼结达瓦卓玛的相思
昔日仓央嘉措的烦恼
曾经玛吉阿米的微笑

西藏

不仅遍地牛羊和格桑花

还有遍地酒歌

扎西是谁？不知道的人也许会问。但生活在西藏的人都知道，在这里，你要是只问“扎西”这个名字，可能会有无数个人。是的，名字只是代号。在藏地，像扎西、次仁、卓玛、拉姆等名字很普遍，到处都有人叫这样的名字。如果是一个大一点的单位或村庄，同一个名字的也许会有好几个人，为便于区别，大家会习惯性地在前面再加个前缀，譬如有三个卓玛，那就分别叫大卓玛、中卓玛、小卓玛什么的。

诗中的扎西，也是藏地无数扎西中的一个，一个歌唱得很动听的基层公安民警。当晚小聚，小菜加啤酒热身后，本地拿手好戏——唱歌开始了。这个人称“会说话就会唱歌，会走路就会跳舞”的民族，唱歌是再平常不过的娱乐之一，只要几杯啤酒下肚，个个“开口便是明星”，人人都赛刘三姐。扎西的歌，唱的真是好听极了，对着男性唱酒歌、唱牧歌，对着女性唱情歌、唱赞歌，几首歌下来，桌上的大伙自觉地灌下去不少啤酒 。在藏生活这么多年，自然也是听过不少的藏歌清唱，每每都有“这个民族能歌善舞真的很厉害”的感叹。但那晚的歌，除了他唱给本人的《彩虹下的心愿》，其他的我甚至都不知道歌名。只记得歌声异常动听，旋律格外优美，在那样的歌声中，我的心不受拘束早已飞远——草原上成片的牛羊安静地吃草，我就是其中一只温顺悠闲的小绵羊。冥冥的前世，我或许是那个风中的牧羊女，曾经投进了哪个汉子的怀抱？或者是那个虔诚的信徒不停地磕着长头，只为一路上能遇见谁？

遍地牛羊格桑花，遍地酒歌遍地飞。在西藏，不管大街小巷、农村牧区，各种藏歌的优美旋律几乎就是标志性的特征，可以说无歌不欢。藏歌，她是藏地另一种的藏香、酥油茶，与人们的生活息息相关不可分割。从英勇神武格萨尔王的传说，到多情不羁仓央嘉措的诗歌，从美丽善良的琼结达瓦卓玛，到玛吉阿米的各种风情，歌，是藏地最大众的表达和史书般的存在，是藏地最灵动的活化石。有些人不是觉得西藏高寒缺氧贫瘠荒凉吗？我偏有这野草样到处扎根疯长的优美歌曲淹没了寂寥。野草疯长，藏歌疯唱。嘈杂的尘世只能有嘈杂的噪音，只有这安详的藏地，才能孕育这世上最动听的歌声。记得有一个在藏经商多年的朋友返回内地后，曾感慨地说过，离开西藏久了，想念西藏的时候只要听到藏歌的旋律，不管听不听得懂，都是一种安慰。是的，听藏歌已经是生活在西藏的一种标志性习惯，这与是否听得懂无关。

本来平时唱歌还不错的几个女伴，在听了扎西的歌后，许是自信被打击了，或者是被他的英俊逼羞了，轮到对他唱歌敬酒时光是笑，半天也开不了口。最终还算“千呼万呼始出来、犹抱琵琶半遮面”，勉勉强强地总算也给他唱了歌、敬了酒。酒还在喝，歌声还会继续，但我却因家中小儿独自一人不得不匆匆归去。

回家打开微信，我写上一句：今晚听到了最美的现场清唱版藏地情歌……情歌？酒歌？酒歌中当然可以有情歌、牧歌、赞歌等。至于“扎西酒歌”，只因听他的歌有感而发，就以此名为藏地像格桑花一样遍地扎根的动人藏歌做一小记吧。

于 2014 年 12 月

（本文曾被编入书籍《感悟山南》）

魔力拉萨，抵不住的诱惑

记不清去过拉萨的次数，毕竟山南做为离拉萨最近的地市，两小时的车程，对广袤西藏来说真的也算是比较近的。值得欣慰的是不管什么时候去拉萨，这个城市都有一种说不出的魔力让人流连忘返，意犹未尽。拉萨，不管你从哪个方向、哪个途径来，都是你梦想中的远方，也是现实中的天堂。

一、青藏线

走一次青藏线，无疑就是完成了一次向自然、向自我的挑战。从西宁到拉萨近 2000 公里的路途，庆幸没有收费站，但也没有服务区，喜欢驾驶的人可以一展车技任性狂奔。可是吃饭、加油、住宿你还得仔细打算，否则一不小心几百公里的无人区，随时能让你体验什么叫严酷。人有三急，男人当然不必说了，女人呢？走过一次青藏线，你就知道随时带一把伞有多重要，天苍苍野茫茫，剩下就是光秃秃裸露的大地，入乡随俗、客随主变，野外没什么规矩，看着解决吧……尤其是从格尔木到那曲段，作为一个走了数次青藏线的“老西藏”，竟然也好几次经历了车辆差点断油的危机！更别说每到唐古拉，我都有剧烈的高原反应，头痛、恶心、心跳加剧，这旅途前一刻还对着美景狂呼呐喊，下一刻骤然变得爱恨交集、冰火两重天……当然坐火车、飞机还是舒畅得多了，不会有这些麻烦，不过你看到的景色和感受也是打折的。但就是在这样的惊险旅途中，大漠戈壁的荒凉悲怆让人绝望、天空低矮得似乎要压下来，大风呼啦啦吹得让人眩晕……祥云缭绕的广袤高原，小草艰难地冒出了一点点头，就是这么只有一点点头的小草，这么脆弱的生态，这样的草原，却养育了大量的藏羚羊、藏野驴等野生动物和牧民们成群肥硕的牛羊，殷实了草原民族的四季和人生。就是在这样的旅途中，看到的不仅是最美的草原、最荒凉的戈壁，奔腾不息的车流，还有带着虔诚信仰三步一拜的朝圣者，骑着自行车艰难向前的户外运动者，风雪中肃然屹立的铁路守护者……

或许你很有钱，但又怎么样？这大漠戈壁茫茫草原，你的钱就如手上的卫生纸，买不到十里洋场的应有尽有，或者你还得兜里揣着钱却仔细地盘算如何解决一杯热茶、一碗面条；或者你很穷？那就好好看看艰辛的大货车司机是如何用生命在天路上反复奔波，用毅力和勇气唱响生命之歌，你走一趟或许都要责怪这里是什么鬼地方，但是那些大货车司机却是长年累月奔跑在这天路之上为西藏运输物资，也为家人营造幸福；或者你被一些执念驾驭了灵魂，在物欲横流中找不到方向？那么看看身边的朝圣者和骑行客，在生存都困难的恶劣条件下，偏有这么多人追求物质以外的特别，用坚定和执着履行着别人以为不可能的行动，肉体在受罪，灵魂在开花，活着的意义有很多种，你是哪一种？或者觉得你的工作很苦？看看青藏铁路的养护工人吧，在夏天都冻得直打哆嗦，前不着店、后不着村的高寒地区，他们又是以何等的信念保障铁路安全，只是为了一份简单的工资？或者还有别的故事？

青藏线美不美，只有走过才知道。毕竟，这样的美，需要用眼睛看，更需要用心感受，何况拉萨还在尽头静静地诱惑着你。

二、布达拉宫

拉萨是一座有魔力的城市，有事没事来转转，每次都有不一样的收获。布达拉宫作为雪域圣迹、西藏的象征，在过往的历史烟云中，谁还能想到它起初是吐蕃王室的宫殿，后来随着藏传佛教格鲁派的兴盛，逐渐成为宗教活动的庙宇，和旧西藏政教合一甘丹颇章政权的权力中心，甚至监狱。当年松赞干布看准了这片距离山南不远的肥沃平原，在红山上修建布达拉宫并从山南迁都拉萨，进一步开拓了吐蕃王朝的辉煌。五世达赖执政时期布达拉宫进行了大量的扩建，进而成为现在的规模。如今一切都成为历史，布达拉宫也成为世界级文化遗产被保护和瞻仰，以高高在上的雄伟姿态俯瞰人间，好似王在检阅他的军队和子民。岁月带走了许多人物和故事，却留下了这样一座突兀非凡、凝聚了雪域智慧的建筑群，以别样的事实诉说着过去，诉说着雪域藏地的秘密。

布达拉宫前的广场上，不时有游人拍照留念，也有一些信徒五体投地给予跪拜、再跪拜。对他们来说，终于来到终生向往的圣地拉萨，真实地站在布达拉宫前那该是一件多么激动幸福的事啊！与不少游客“到此一游”的随意感相比，这样的虔诚跪拜更有一种古老的仪式感，总让人恍惚这是否仍在 21 世纪！

顺时针绕行布达拉宫，感受众多人不由自主朝同一个方向转动的力量，人潮中形形色色的背影恰似是浓缩的世态万象，低声吟诵的经文又恍如来自天国，望望头上明晃晃的太阳，没错，这里依然是人间。布达拉宫背后的龙王潭公园池塘里有很多鱼，一群一群的，又大又肥，可在这里人们似乎都忘了鱼是可以吃的，没人去捕捞，没人去打扰它们的悠闲，我想那些鱼听多了吟诵的经文大概也修炼成仙了吧，不然为何不怕人？再看大片咕咕嘎嘎的水鸟，斑头雁、黄鸭、海鸥、鸽子，那么多的鸟类在同一片水域栖息，而这片水域偏偏又是在闹市拉萨，心若宁静、何事烦扰？生活无处不嘈杂，但宁静只在心里，撇开凡尘俗世回归自然，此刻你也是一个同样沐浴了天地精华的生命，你或者看不到自己的别样，但别人眼里你又何尝不是风景？

有一个冬日，上午在快要走出龙王潭公园的时候，正好看到了盛大的晨练集体锅庄。圆形的舞池内人头攒动，好几圈人踏着优美的藏歌跳着轻松的锅庄舞，池外四面同样是排了四拨人，面向舞池合着节奏在手舞足蹈。金色的太阳如瀑布般倾泻而下，树木后面的布达拉宫在高处巍然向上，藏歌旋律舒畅、锅庄舞步欢快，心情随着舞动的人们不由高涨起来。想起最具幸福感城市评选中拉萨排名第一，这排名绝不是虚的——这么盛大几百人的锅庄，四季不断踊跃而来的人们，舞的不就是幸福感嘛。参加集体锅庄的大部分是中老年人，身着各色款式不一的服装，自由舞动的那一刻，脸上的表情放松自然，愉悦之情溢满面孔。基于藏区很好的尊老爱幼传统，再者藏族老人基本都是和女儿一起生活，老人在家里地位很高，大多得到充分的尊重、爱戴和赡养，老年人的幸福指数当然不会低。有个同事常年赡养90余岁高龄的奶奶和70余岁的母亲，虽然辛苦，但她脸上从来都是满满的自豪感，这种四世同堂其乐融融的幸福家庭，也是很多藏区家庭的一个缩影吧。幼有所爱，老有所养，鳏寡孤独者有养老院，青壮年自有他们繁忙的生活，幸福还有何求？

三、八廓街

八廓街的出名，或者各有各的看法。而在我看来八廓街是感受拉萨这个城市包容性的一个绝佳去处。作为一个爱美的女性，甚至在八廓街几乎可以看到全世界人的着装打扮，整条街就是一个流动的时装T台。不同藏区的藏装和打扮，全球各地的游客、各种文艺范、各种的流行从眼前一一走过，你刚惊叹于一个满头珠宝的女人，那边又过来个金发碧眼的漂亮老外。基于拉萨天气的多变性，十里不同天、一日有四季，同样是春天，怕冷的还穿着羽绒服，怕热的却早都是T恤凉鞋。有人在这里穿出了十足的西藏感、特色美、明星范，也有人穿的不伦不类，让人忍俊不禁。五月的拉萨，有次看到一个女士冲锋衣下穿着超短裙，下面又是一双过膝长靴时，不禁想问“美女你这是到底要去干嘛？”暗想之余，又有个姑娘碎花长裙下穿着宽筒牛仔裤经过眼前，我在想她出门之前是不是忘了脱掉那条长裤？相比买东西，作为一个经常光顾八廓街的人，看看这里的人流也是一种莫大的乐趣。拉萨的包容性，在于这里不管你看到什么样的人，都没人笑话你，没人数落你，足够的有礼貌。穿着漂亮容貌绝色、或是破衣烂衫相貌丑陋，灵魂之外的东西在这里基本就是没有意义的摆设，大家都习以为常，没什么人在乎。

上次逛八廓街时在玛吉阿米餐吧附近，有本地阿佳（成年女性）手上拿着彩线，问要不要编花辫，“美女，细线五块，粗线八块”，阿佳笑着。好吧，辫吧，反正在八廓街没人认识你，没人在乎你是游客，还是本地人，装嫩装萌装傻都没问题。阿佳把我带到附近的巷子里找了块干净的小台面，解下身上的围裙铺在地上让我坐，这怎么好意思？我径直坐在地上，地面真的干净不需要铺东西的。开始侍弄头发了，阿佳说"辫子细线的一根五块，粗线的一根八块，看你编几根"？哦，原来五块、八块是这个意思，花辫嘛，仅从数字喜好上选最少也得编六根吧。立刻想起在纳木错骑牦牛拍照时的情形，牵牛的大叔笑着喊"牦牛十块，十块"，当你骑上去准备拍照时，人家马上说"牦牛进水二十块"，哈哈，善良的人也得生活，还好十块八块的小钱不至于生气，随你吧。

行走八廓街，随着悠闲的人流缓缓而去，脑海中的一切琐事俗务都似乎被这人流带走，漫不经心处看日出日落，闲庭信步里观人群过往，时间从眼眸中滑过，又在记忆里永固。八廓街，从刚参加工作时买回十几块钱的香水、到如今基本不购物，还是喜欢去那里行走，它的魅力与买不买东西无关，走走停停中，时间和生命似乎又有了别样的意义。

四、玛吉阿米餐吧

玛吉阿米餐吧就在八廓街一角，很容易找到。如果说游客是到这里来感受拉萨、感受西藏的，那么像我这样长居西藏的人可以说是来看热闹的么？生存，在哪里都一样，无非紧张、压力、烦躁、失眠……去不了远方，但我们也需要释放压力，去哪？玛吉阿米餐吧，是不错的选择。

当多少的餐厅、咖啡厅都急于赶时髦一遍又一遍地在装修上做足文章时，玛吉阿米却始终如一地保持了陈旧的房屋和摆设，木质的楼梯、涂泥的墙面、几张笨重的桌子摆放的位置都是从来不变。就是这么一家旧餐厅，却因为传说是六世达赖仓央嘉措和他情人约会的地方而声名远播，慕名而来的人络绎不绝。因为餐吧位置有限，有时候找个座位还得排队。餐吧是一个开放性的小空间，里面桌椅不多，又因为位置紧张，与他人拼桌是常有的事，但乐趣往往就在这种小事中。有一次是和一个藏族朋友一起喝茶吃饭，这时就有一个美女拼桌坐过来，我那朋友直接对她说“你不用点茶了，我们的茶喝不完，你继续喝就是”，我还觉得有点不好意思，结果人家也爽快，“那好吧，谢谢”！在餐桌上把喝不完的茶直接给别人，说实话以前还真没遇到过。还有一次，独自坐在只剩一处的小桌椅上，这时，凑巧又来了一位男士，环顾四周也只有我这里还能加人，只好与他一桌。这么同处一桌，不聊几句也尴尬，就在我正洋洋得意以本地人的口吻给他讲述仓央嘉措的故事时，电话响起，家里的那位刚到拉萨，问我在哪里？“玛吉阿米啊，你来吧，位置在……”，我导游式的简单解说还没结束，他带着杀人的目光已经走到了眼前，我只好介绍：这位是不认识的游客，我们在聊仓央嘉措。男人和男人自是有共同语言吧，没过多久，他们竟然也聊得兴趣盎然，反而是我插不上嘴……玛吉阿米餐吧，就是这么一个轻松的地方，听着仓央嘉措情歌（藏歌），与认识不认识的人聊一些无关紧要的话题，一段时间又悄然而过。

之所以喜欢来玛吉阿米餐吧，还有一个原因就是这里的留言册很特别，因为来的人多，留言册也是一摞一摞地摆放在墙角各处，如果不想被打扰，就拿几本留言册慢慢翻阅，布制的封皮、略显粗糙的纸面，透着一股古朴之风。因为玛吉阿米以仓央嘉措而出名，里面的留言大多和爱情有关，慢慢翻阅几本留言册，就似乎目睹了很多人的爱情。“在那东山顶上，升起白白的月亮，玛吉阿米的笑脸，浮现在我的心上”，玛吉阿米，永远以处子的美丽模样，镌刻在历史的长廊，也镌刻在人们的心间。

魔力拉萨，敌不住的诱惑。大昭寺广场的集体朝拜者、特色客栈、各类酒吧、藏漂……关于拉萨，可谓一景一故事，一人一传奇。如今随着“拉萨山南一体化”发展进程，山南——拉萨的快速通道开通，行程缩短到1.5小时，拉萨，真的就是想去就去一句话的事，更多的故事，留给以后吧。

于2018年2月

在一束暖阳里放歌

每当清晨睁开眼睛的那一刻，告诉自己昨日已不可追，无论欢喜或悲伤、黯淡或辉煌。崭新的太阳已带着熟悉的笑脸，照亮了天地万物，也照亮了窗前的几盆小花，红的绿的，枝叶茎果，都在赶着时节不停地生长，默默无闻中献花挂果，悄送惊喜。

有些歌唱是有声的，有些歌唱却无需放声。就像这小小的花草，你能听到她的歌声吗？我能。

这刺眼的阳光，也照亮了书架上一本本安静的书籍，有些曾被一双纤手轻轻翻阅，有些还像进宫的小主般等待着帝王的临幸。有些中间多了些扭捏的墨迹和注解，有些页面见新，看不出翻阅过的痕迹。那些“关关雎鸠”、“呦呦鹿鸣”和“生如夏花”，与“不负如来不负卿”等，原也是在同一轮暖阳里诞生、放歌、灿烂、永久。

放眼处，蓝天依然那么纯粹诱人，像一个硕大的蓝宝石笼罩在头顶。间或一朵、两朵的白云像圣洁的白鹤飞翔在眼前，此时的幸福感莫过于，与眼前看不见的缺氧相比，雾霾覆盖下的城市看不到蓝天和太阳才是多么的恐怖！

那个美丽的藏家大嫂，每天都带着同样的微笑，哼着不同的歌儿认真完成保洁工作。干净舒适的藏袍带着欢快动感的脚步，你丝毫看不出她心底是否也有过忧伤；那个爱耍点小聪明的师兄，当他突然在楼道里吼两句龚丽娜的《忐忑》时，啊……啊……音符响起的那一刻，他也是极其可爱的；明明听到了争论声，紧接着却是一阵又一阵的爆笑声，隔壁办公室的兄弟姐妹们，你们到底在讨论什么？

让心也在这一束暖阳里放歌吧，这蓝天白日的刺射下，没有什么化不开的心霾。心向阳光，挫折和困难只是眼前的，再难的事都会有解决的方法和时间，光明和温暖永远在前。原谅那个骗子打着残疾人的旗号骗你十元钱，原谅那一场计较中你被无辜误伤，原谅他那一刻足以杀人的话语，原谅那些白眼和嘲笑，轻视和忽略，委屈和辛酸，也原谅自己曾经的口不择言和面目可憎。

在一束暖阳里放歌，生命无论长短肥瘦，都该是他本真的样子。黑夜既已过去，沉梦既已醒来，没有理由还让昨夜的泪痕破坏了今天的笑脸。盖三床被子还冷得发抖的朋友，希望这暖阳能驱散你的冰冷；狂风经常像"马匪下山"般肆虐的远方，我的朋友请你一定要多加些衣物；正在同病魔斗争的某某，希望这暖阳能照亮你的心房；在阳光下喝茶的诸位，也请喝下这暖融融的情谊；而正在赶路、劳作、不停奋斗的人们，愿世界屋脊圣地西藏的灿烂阳光，永远高高地照射着你们、伴随着你们！

于2016年12月

高原乐土 趣意泽当

泽当，真不知该把她叫镇，还是叫市。叫镇吧，对于乃东之外的山南各县来说，她不仅是山南地区的政治、经济、文化中心，也确实是每一个普通人心目中的城市，去不了拉萨？就去泽当吧，拉萨能买到的一切，在泽当照样能买到。拉萨有的新鲜玩意，泽当都不缺。叫城市吧，她的确没有多大，人也没有多少，横竖不过几条街，上街全是熟面孔，一个几万人的小地方，想搭车就搭车，想走路就走路，反正不过几分钟都能到达。其实很多人是不会在意她到底是镇还是市的。白天车来车往人群涌动，夜晚灯火通明霓虹闪烁的一个地方，相信在很多人的心中就是城市，生活在泽当，像我一样自觉地把自己归为“市民”的，恐怕也不是少数。

作为城市，她首先是生活便利的地方。从两三块钱一斤的本土苹果、到几十元一斤的进口水果，从几块钱一壶的甜茶到几十块钱一杯的咖啡，十几块钱一盘的小菜到几百块钱一份的牛排，在泽当，不管你是土著、打工者、游客、藏漂还是小资、土豪，都有地方能满足你的需要。超市、菜市、各种商铺、各种小店，鳞次栉比、应有尽有，几十元一件的T恤衫到几千元一件的大衣，从消费几十元的小酒吧，到动辄几千上万元的歌城，从低调到高调，从廉价到奢华，泽当，分分钟都能给你惊喜。麻雀虽小、五脏齐全，住惯了泽当，有时候甚至都找不出理由去拉萨。

泽当,她的名气并不仅仅因为她是藏族和藏文化的发祥地,同时她也是一个生机盎然、富有魅力的城市。东靠贡布日神山,南望雅拉香布雪山,西依西扎神山,北临雅鲁藏布江,这样的地理位置也可谓巧夺天工。清晨,伴随着各学校学生开始上学,晨练的老伯、转经的老阿妈、送菜的大哥等也都开始了一天的忙碌生活。经常是在各学校、幼儿园美妙的广播声响起时,隔壁邻居家的藏香与远处的桑烟也带着神奇的香味飘来,高原灿烂的阳光更让大地披上温暖的金装,所有的感官瞬间会被激发到极致!没有拥挤的车流和人群,没有污浊的空气和味道,出门就是悠闲漫步的行人和三三两两慢摇着转经筒的老阿妈,这就是习惯了的泽当,亲亲的泽当!当第一次听到藏语版的"江南 Style"成为广场锅庄舞的一曲时,那个兴奋和激动是多么强烈!不知啥时起,广场锅庄舞里似乎听到了藏戏的旋律,虽然因为语言不通听不明白,但看着经常在舞台上表演的藏戏腔调成为了广场舞的一支时,着实还是惊讶了半天!传统的传承,文化的继承,开放与包容,既传统又现代,这就是神奇的泽当、快乐的泽当!

当多少地方连老人倒了都不敢扶时,善良的泽当人又是怎么做的呢?一次漫行街头的下午,就见证了这么一件事:某红绿灯处,一女士骑着电动车不知怎么就倒在了停止的车流边,听到声音的我还没反应过来要不要去扶一把时,已经有五六个人跑过去扶起了该女士!这就是泽当,可爱的泽当!去什么老人倒了还扶不扶,这种事在泽当根本就不是个事,大家一起上去扶,看谁还敢造次。行走在泽当,你只要细看,认识不认识的人都会给你一个微笑,这就是小地方的可爱,看谁都那么面熟,亲切的像邻家大叔大婶。当然了,泽当作为一个开放的城市,又是通往西南边境的重要通道，让远处的坏人惦记也没什么不合理。但这没什么，个个栉风沐雨的检查站、警务站就是祖国和人民的忠诚哨兵，“朋友来了有美酒，要是那豺狼来了，迎接他的有猎枪”！泽当，这是一片乐土一片安详之地，但对于某些别有用心的人来说，还是“可远观而不可亵玩焉”！

喜欢泽当，没什么理由。当年刚踏上这里时，所谓的泽当也就不过乃东路和格桑路两条路的繁华，唯一的那个“红绿灯”还成了地标，“我在红绿灯处等你”曾是多么熟悉的话语。而今，恐怕没人会去数泽当到底有多少个红绿灯，熟悉的街道还在，但街上的旧建筑已几乎不见，曾经的青稞地里传来的是各种南腔北调和欢声笑语，既熟悉又陌生，既传统又新鲜，这就是大多数人心中的泽当吧。

在一个地方待的时间长了，就成了故乡和家园。“子不嫌母丑”，住惯了泽当，不羡慕大城市的繁华，也不稀罕大地方的热闹，只因为小小的泽当自有她的独特风情和魅力。泽当，就是这么一个不仅可以安放身体，也可安放灵魂、放逐梦想的地方，来了，由不得你不喜欢。

于 2015 年 9 月

（本文曾获“藏源山南”有奖征文入围奖，编入《山南印象》）

有一种美好，叫“懂你”

懂你，多么简单的两个字，又是多么不简单的一件事。

以前不知道怎么挑草莓。每次去草莓圃里采摘，都是看着顺眼的就摘，就里酸甜根本就不会分辨。有一次，朋友去采摘，说是刚好赶上一块基本摘完了的草莓地，所剩草莓大部分还未全熟。也给我带回一袋来，还真是红里带黄，黄里带白的，可吃起来却是酸酸甜甜，好吃极了，与那熟透了的完全就是另一种味道！而且这种草莓耐放，冰箱里放个两三天再拿出来吃一点都没问题。

就这样，从此每次去摘草莓，别人都是挑红的，我专挑红中带点黄的。别人捡个大的，我专拣个小一点的，因为总觉得那农药或者少点更安全些。

那次也是和朋友一起去摘草莓，朋友又带了朋友。摘完草莓准备回去时，因为都是朋友一人付的钱，就说把手上的草莓匀成三份每人都带一份回家。都在从各自的袋子里客气地往外拿草莓，包括我。“行了行了，都差不多了”，朋友笑着说。

“再说了，你给我们拿的草莓都是小的！”

就在互相的客气声中，朋友的朋友看着我给她的草莓，一句刺耳的话传过来。

都说三个女人一台戏。或许我应该解释。但她那突然高三分的语气，分明是觉得我小气拿个头小的草莓在敷衍她……懒得解释，不必要辩解。

或者，解释或辩解，对于一个根本不懂你的人，都是多余的。

一句话，并不是谁都可以成为朋友。哪怕我和你之间关系很好，但你的朋友还真的不一定能成为我的朋友。

有时候，你想念一个人，恰好他联系你。突然有一种欣喜会跃然而起，“身无彩凤双飞翼，心有灵犀一点通”，那一种美好叫“默契”。因为彼此懂得，所以不需要商量。

赤壁之战，诸葛亮和周瑜不约而同地都在手上写出了一个“火”字，这也是一种懂得之间的默契。周瑜再怎么嫉妒诸葛亮的才华，但最终还是说了一句“知我者，亮也”，因为他们才智相当，彼此都既仰慕嫉妒又惺惺相惜，真的很懂也很般配。

并不是谁都有资格成为“懂你”的人。“懂你”，是一种高山遇流水、红花配绿叶的顺畅和谐，是一种“棋逢对手”的淋漓尽致，是一种感同身受的惺惺相惜，也是如矛和盾般的知己知彼，一物降一物。

有一个懂自己的人多好啊，哪怕他是敌人或者对手！

人和人之间最愉快的相处，往往会给人一种和自己在对话的感觉。一件事，不约而同说出了同样的看法，或做出了同样的决定。或者虽然看法不同、决定不一样，但你一下就明白和理解，不需要过多的解释，甚至会拍掌叫绝，这种感觉多美妙！言语间自有清风明月，暗香扑鼻，所谓的“知音”，应该就是这种吧？

这种快感在文字和音乐中也是很容易遇到的。喜欢阅读或听音乐的人，总是容易被一段文字、一首诗、一支曲子或或一段旋律所深深打动，正是因为那表达出了你心里的某种情感，与你内在的某种基因产生了碰撞、共鸣。

人生不长，遇到懂你的人了，什么都不是问题。山之高，水来绕之。水之深，土来填之。万物本来就有相生相克之道，怎么可能遇到的都是对的人？

我爱养花，没事就喜欢折腾各种花花草草。有一天，一个才认识的小女孩突然给我拿来了已经发芽的碗莲种子，说应该能养出荷花来。能吗？在西藏？还真没想过呢。但是，看到她说起怎么网购的种子，怎么让它发芽的细节时，分明就感觉到对面是另一个模板的自己！哇，加油吧，我们一定能养出荷花来的！

有一种美好叫懂你。遇到懂你的人，你突然会发现自己其实比想象中的优秀得多。“士为知己者死，女为悦己者容”，这个人是你的贵人，他（她）会帮助你找到最美的自己！

遇到一个懂你的人不容易，有幸遇到要千万珍惜。

于 2017 年 4 月

是谁，温柔了一座城

拉萨，每次行走在八廓街，心情都莫名兴奋。同一个方向行走的人们，转经的藏胞夹杂着天南地北的游客，各种服饰、各种装扮，各种表情，这永远是八廓街的特色。临街两面的商铺慵懒地敞着，花花绿绿的手工艺品、民族特色用品等在夺目的大太阳下摇曳生姿。太阳，同样的光辉照在八廓街上，那些老式建筑上深沉的黑、醒目的白、凝练的绛红、明快的黄，似乎是本色，又不是本色，既清晰又朦胧。一种奇异的感觉，就这样从四处的建筑上弥散开来，夹杂着淡淡的桑烟味、藏香味……

穿着华丽藏装的美丽姑娘和小伙子，许是拍摄结婚照吧，在如水的人流中当街牵手、拥抱，摆出各种亲昵甜美的造型——在古色古香、远离车马喧嚣的步行街拍下爱情的美好，多浪漫啊！

“住进布达拉宫，我是雪域最大的王

行走拉萨街头，我是人间最美的情郎”

仓央嘉措的诗句随时蹦出脑海，让原本的情绪夹杂一层莫名的忧伤。甚至八廓街的每一栋建筑，每一个颜色，每一个符号都能让我想起这个写下不朽诗篇的年轻身影……爱情，多美的相遇啊！恰当的时候，还没经历太多的沧桑，恰好就遇见了爱情，这人世间最柔软的情愫，最动人的旋律，多么醉人啊！

世界很奇妙，它把力量、勇气、胆略、甚至权势、财富等太多的优势给了男人,然后把男人送给女人,一切的不可思议——就这样发生。亚当和夏娃如果不偷吃禁果，在伊甸园是否也会无聊?织女爱上牛郎,从此神仙也寂寞。江山如画、美人如玉,古人说“食色性也”,饱暖思淫欲,爱情是填饱肚子后最好的兴奋剂,是止痛疗伤的灵丹妙药,是众多灵感和创造力的源动力,也是众多烦恼的源泉,“问世间情为何物?直教人生死相许!”

也有形单影只的个人,独自穿着漂亮的服饰,在八廓街古朴厚重的街道和建筑间随意一举,任由摄影师定格各种瞬间。有人陪伴是一种幸福,没人陪伴又何尝不是一种享受!人与人之间的相遇,既奇妙又脆弱,有些人不用相见,但他却深深铭刻在你的脑海中挥之不去逐之不离。而有些人,明明相处的很好,却因为一句话、一件事就可以瞬间陌路!光阴如箭,爱情如流水,此刻和彼时,对多少人多少事来说,永远都是两码事。你能做到的,只能是感受此刻,把握此刻——幸福地成双成对,或是孤独到成王成帝——而明天永远是个不可预定的未知数。

“转眼苑枯便不同,昔日芳草化飞蓬。

饶君老去形骸在,变似南方竹节弓。”

曾经柔情蜜意、温情脉脉,如今形单影只、暗自彷徨。还是那条街、还是那座城,身边的一切如旧,只是心境却从天堂坠落地狱，随时会一个跟头栽倒在地……世上最大的悲哀不是我已死亡,而是我还活着,心却已经为你而死!从此再也找不到自己!

抱着复杂的心情一圈绕来，大昭寺前虔诚的人们依然在不停地磕着长头,不知道是在为谁祈祷?直直的站起,双手举过头顶、触碰嘴唇、前胸,再唰一下从地面磨过,全身紧贴石板地面匍匐片刻……再起,再继续。身边的围观者,散漫的游客,手拿玛尼经筒的老人，两边讨价还价的买卖人，随意晃荡的闲客，这一切让人恍若异邦，又亲如邻家。此刻，八廓街是天上的街道，也是俗世的集市，是诗情画意的浪漫古城，也是充满朝气和活力的现代都市。

李敖说："花开就要欣赏，然后就去远行。唯有不等花谢，方能记得花红"。结伴而行在八廓街，是一种见证，是一种能把握的此时此刻，是万千日子中美好回忆的昨天。孤独行走在八廓街，是一种感悟，是一种沉淀，心里想着不能抹去的人，不能忘却的事，每一步都能走出撕心裂肺的疼痛和绝望……

匆匆的人们啊，是谁，拨动了你心里的那片柔软？温柔了你的一座城？

于 2019 年 6 月

又见桃花红

“桃之夭夭，灼灼其华。之子于归，宜其室家”。

桃花之美，人见人爱。犹如邻家有女初长成，明眸皓齿，肌骨微丰，眉眼中带着羞涩，笑声里流淌清澈，整个的春天，都在她那情窦未开、初开的单纯青涩里。

那个小伙伴就叫桃花。

那时候，我们还是一帮上小学的野孩子。爱笑的小桃花，总是被我们一大帮女孩围起来，闹着笑着唱不知哪儿学来的儿歌：

“桃花桃花几月开，正月不开二月开，

桃花桃花几月开，二月不开三月开，

桃花桃花……”

这个时候，那爱笑的小桃花总是被哈哈哈的大笑逗出眼泪，我们围着她唱歌的人也总是在嘻嘻哈哈的玩笑打闹中，三三两两漫步在放学回家的路上。那条小路啊，高大的杨树洒下大片阴凉、成片的麦地绿浪翻滚，地边夹杂的蚕豆、豌豆开满蝴蝶般的小花。夏天，我们在麦子快要成熟的季节偷吃青蚕豆、豌豆和麦子，冬天会在结冰的麦地上成群结队地滑冰。快接近村庄时有个打麦场，那更是童年的乐园，踢毽子、打沙包、丢石子，每次的放学几乎都是在那里玩够了才回家。

和桃花的快乐相伴，也不知这样持续了多久。她是那么爱笑,而且是一笑就能笑出眼泪。也因如此,我对她的笑至今记忆犹新,仍是历历在目。

人生如果继续这样一路欢笑那该多好啊！可是命运就那么不公,那可爱的小伙伴、爱笑的桃花,小学没来及毕业就因为脑膜炎突然去世了。她的离开,因为太突然,作为曾经的玩伴甚至都不记得最后和她戏耍是什么情形?

桃花如此娇嫩,怎耐风雨无情!

是天上的神仙寂寞,带她去消遣了吗?

和红初交,是在一个美丽的夏季。她是一个五官特别漂亮有形的女孩,长相气质在同龄的女孩们中间那是数一数二的拔尖……我们借着一起复习的名义, 常在老家那片树林里打发时光。有时候一前一后拿本书在小河边默读,偶尔也会调皮地俩人各站小河两边,在互相的前方河中扔下石头,任水花溅洒在身上……也会相约在河边洗衣,用以灌溉引来的清清黄河水,泡红了白嫩的手指。

情窦初开的那个冬天, 他告诉我心中的女孩就是漂亮可爱的红。是吗?真的吗?……好吧,换作是别人,或许会吃醋嫉妒吧?但是对她,真的没有。她的优秀和美丽,她的可爱和洒脱,有多少是我所仰望而不及的,愿有情人终成眷属——流着泪转身,从此少年方知愁滋味。

大学的同学们,传来了她的病讯。在病房里看到脸色苍白、没有一丝血色的她,第一次惊叹于病魔的恐怖。不知轻重的我终究是没想到她的离开, 唯一的一次探病居然成为了永别……花样的容貌,花样的季节,亲爱的,放下这样的美丽,你是怎么做到的……

后来,受他委托送信给红的朋友说,梦见自己把他托交的鲜花送到了她手中。是吗?那时候他的信真如鲜花般给了你惊喜和甜蜜吧? 但愿你已经尝得爱情的美好。

桃花灼灼,看不尽的艳丽灿烂,诉不完的悲情离殇。

夜色凉凉,写不尽的欢声笑语,看不透的尘世彷徨。

不知为什么, 这个春天看到桃花, 总想起曾经美丽的小伙伴。那粉嫩的花瓣、淡淡的芬芳、不带丝毫的尘杂,那不正是花季少女的模样吗?

桃花,你的秘密谁知?
你以多情的名义
吸引了多少蜂儿蝶儿
想和你谈恋爱的太多了
甚至所有的雄性都愿意
为你决斗

惊世骇俗的容貌
蜜桃累累的富贵
多汁芬芳的甜蜜
你从来都是公认的女神
自始至终风情万种

人们只看到你的艳丽和任性
又有谁知道
你只是前世
不慎早早夭折的小女孩

来索回原本该得的爱

桃花，缤纷了春季。桃子，甜蜜了夏季。桃叶，留恋到秋季。如此的明艳夺人，每一株桃树都一定是有着不为人知的故事吧？

如果你真的是那些可爱的女孩所变，那么亲爱的请听我说：

桃花，认真怒放吧，这一世没有病痛，没有离别，也没有牵挂。

桃花，任性绽放吧，这一世只有花容月貌，只有根深叶繁，只有硕果累累和甜蜜芬芳。

桃花，接受膜拜吧，这一世你是尊贵的女神，至上的爱神，也是圆满的幸福之神！

于 2017 年 4 月

春的气息

风儿轻轻的，太阳暖暖的，柳枝柔柔的，空气中弥漫了一种美妙的气息，那是春的气息。

那轻盈、那温柔、那摇曳，那是渴盼已久的春的气息！

大地悄悄解冻，冰雪无声融化，小苗破土、春草抬头、枯枝发芽，经过一冬的睡眠，那是多么迫不及待的苏醒！鸟儿啾啾、蜜蜂展翅、蝴蝶翩翩、孩童嬉闹，那是多么急不可耐的活动拳脚！

春的气息真的来了！那属于杨柳婆娑、桃花怒放的气息；那属于葱白韭绿、花香满园的气息；那属于碧树成林、绿茵成霸的气息；那属于无意间打碎了水彩盒的浓烈气息！

那泉水叮咚、溪流漫歌；那风清云淡、絮花曼舞；那春苗拔节、各虫鸣唱；那绿肥红瘦、姹紫嫣红的，更是春的气息！

那是恋人的手轻抚面颊，那是母亲在呢喃孩子的乳名，那是久别的伙伴相视而笑，那是孩子口中第一次咿咿呀呀的呼唤……那是无比感动的春的气息！

像早上八九点钟的太阳般新鲜，如初生婴儿般稚嫩，似刚揭开面纱的新娘般娇羞，比那雨后梨花还纯净，那更是春，那无比清爽醉人的气息！

寻几句唐诗宋词，诵一段艳词丽句，把这春的风情细品慢酌。听一曲筝音琴律，泡一壶青山绿水，让所有美妙的感觉在这一刻融进血脉，深入肺腑。

啊，这醉人的春的气息，沉睡的大地已经梳妆沐浴、张开怀抱。一切的美妙已经播种，新的生命正在孕育萌动。

化一缕清风入春，去催醒万树碧绿；做一回小鸟叮咛，同奏一曲高山流水；舞一回狂蜂浪蝶，贪吮那桃粉杏白！

那感动，那和谐，那香艳，那是春的气息。

柳枝儿漫摇，暖风儿轻轻，那是春来了，春来了……

于 2015 年 2 月

高原缺我

休假期间，有友人再次问我，“为啥要去西藏啊，那么远，怎么也没想到你会去西藏！”

我开玩笑说，“那时候，西藏还有个缺口非我去不可，所以就去了啊！”

生活需要调侃，人生有时候真没必要那么严肃。就像我为什么来西藏，以当时的大学生分配工作时局与后来的结果来看，似乎是命运和我开了个大玩笑。本来以为留在家乡没工作，可就在我进藏后的两三个月，那一届大学生全部做了妥善分配。对此，我也对自己调侃，为什么来？因为西藏缺我啊！

为什么来早已无关重要，重要的是已经来了。后悔？自责？抱怨？不，我来，是怀抱感恩怀揣理想和抱负而来。我来，是踩着先辈们的脚印满怀希望而来，是带着至亲的祝福和美好期盼顺风而来。一句话，“郎有情妾有意”，我来了，西藏待我不薄，我理当俯首回报。漫长而又匆匆的过往和坚守中，或许我的付出微不足道，我的工作太过渺小，但点点滴滴已尽所能，或许这已经是我与西藏最好的相伴了。

回首往事，经历了什么，收获了什么，拥有了什么，都恰如一缕藏香带来的烟雾，你明明在鼻息间可以感触到它的香气，陶醉于它的醇厚，伸手却什么都抓不住。亲情、友情、爱情在人生的阶梯中轮番上演，明明香气浓郁如痴如醉，却又把孤独抽丝剥茧还给你。渐渐地,少年策马走天涯的豪情成了回忆里的一颗糖,人情世故或许早已给人戴上了一张假面具。即便这样,我也喜欢这个世界,更喜欢西藏。喜欢这里的静,喜欢这里的清,喜欢这里的净。太多的喧嚣是承受不起的重,太多的纷乱是难以适应的茧,看不到蓝天的窗外会让我窒息。或者我已经从骨子里融入这里的山山水水中,因而从骨子里喜欢这里最湛蓝的天空,最灿烂的太阳,最清醒的空气,最干净的河流,还有一片可以任性奔走海阔天空的大地。

身处高原,这世界的美让我沉醉。秋风里的磅礴群山载满了故事,那颤动的流水里更有着最初的灵动和喜悦,蓝天白云是不说话的情人,只需一个凝望,深情便长长久久。秋已深,片片黄叶打开了温暖的怀抱,你只需走出去,一片温情便等着你。一路走过,风雨中那些或浓或淡的香气我虽然抓不住,但它已经深深地镌刻在脑海!

曾经问过一个来自广东的朋友,来西藏后悔吗?“没有啊,这里很好。”她说。

也问过一个刚参加工作不久的小妹,“来西藏后悔吗?”“挺好,一切都比想象中的好多了。”她说。

做生意的老乡说:“离开西藏一段时间,会特别想念这里的蓝天,蓝汪汪的,总是那么干净!”

“印度东方的孔雀,贡布峡谷的鹦鹉,虽然故乡不同,却在拉萨相会”,就这样,十几年前我和众多的伙伴来了,几年前你和众多的友人也来了,天南地北、五湖四海,我们在西藏这个宽厚的大家庭里,几多欢笑几多泪,岁月不老,长情相伴!

再不要问我为啥来西藏了,因为西藏,真的缺我啊!

于 2018 年 10 月

清晨，美妙的泽当

长期以来，在泽当的清晨，唤醒我绵长幽梦的通常有三道铃声：鸟鸣、音乐、闹钟。

不适宜的只有闹钟。至于鸟鸣和音乐，很多时候更像是催眠曲，听着那醉人的声音和旋律，往往是在本该醒来的时间，偏又进入更加甜蜜的梦乡。

鸟鸣是自然的音乐，清晨和傍晚总是它们的音乐会时间。它总是从那么清脆的一声、两声开始，划破晨的寂静，这边唧唧那边啾啾，有呼唤、有回音。如果起先在节目预报一样的零碎鸟鸣中能幸运地醒来，接下来应该可以听到一场众多鸟类的合唱。那唧唧喳喳一片欢快的声音，从四面八方传来，那样的架势总是让人想起“百鸟朝凤”的故事。可惜不是鸟类专家，分辨不出哪个声音是哪种鸟。通常我也无法在这样的鸟鸣中立即醒来，因而往往是在半醒半梦之间，或者是几声悦耳动听的鸟的歌唱掠过耳际，或者是它们呼朋唤友的晨间聚会欢呼声弥漫脑海……

音乐是人类的杰作。居所附近有山南市幼儿园和市东辉中学，每天清晨，他们的广播准时响起。尤其是幼儿园，除了播放一些儿歌外经常还播一些美妙、欢快的轻音乐，总是给人一种清风拂面的愉悦感。负责播放音乐的不知是怎样的一位雅士，播放的音乐总是那么美，那么符合清晨的节奏，《琵琶语》《金色的太阳》

《草原上的鲜花,雪山放金光》……不懂音乐又爱赖床的我,有好多次被美好的旋律所打动,闭着眼睛凝神享受。或者是自己喜欢安静的缘故吧,大学校园里有那么一段清晨,总是有人在花园里用笛子独奏《牧笛》,那悠扬的笛声,难忘的旋律,总是把人的思绪带到遥远辽阔的牧场……而如今, 有幸每天被这样美好的曲调唤醒,幸福感满满!

就在这样美妙的感受中,闹钟的声音也响起。起床、洗漱,慢慢打开窗户——空气中弥漫着淡淡的桑烟味,附近寺庙、各家各户点燃的桑烟或藏香已经笼罩了泽当的天空, 淡淡的烟雾带着松柏的清香被朝阳刺穿, 空气的每一个分子似乎都在香气和金光中跳舞!深呼吸,再深呼吸,充分享受这晨间的清爽和甘甜,又是美妙的一天!

其实爱睡懒觉的人是无法真正体会泽当的清晨之美的。曾因为工作原因而偶尔早起的几个清晨,和同事一起走进茶馆,才发现自己每天还懒在被窝里的那段时光, 勤劳的本地人早都已经在茶馆里谈笑风生。三五亲朋好友一聚,酥油茶或甜茶、牛骨汤做的藏面、煮藏鸡蛋、油炸饼、牛肉包子,早餐的营养很是丰富。不同于一般早餐店的包子、油条,那就是吃早饭。而本地藏式茶馆,那悠闲的用餐,慢慢的品茶,开心的谈笑,上至国家大事,下至身边趣闻轶事,晨间的茶馆,满满是生活的味道,品的是人生和幸福!

上班了, 偶尔也会学着同事的样子在打扫完卫生的办公室点燃一支藏香, 在沁人心脾的草木清香中伴着愈加浓密的鸟鸣声又开始一天忙碌的工作。"桑"或藏香,很多时候无关佛教和信仰,这是泽当的味道,西藏的味道,自然的味道,难以抗拒,乐此不疲。就像我无法拒绝那几只鸟儿，总在我窗外嬉戏打闹，唱着不倦的歌儿，随意打断我的沉思……

泽当是新成立的西藏山南市中心。世上城市无数座，不知别的城市还有没有这样的鸟鸣、这样的雅乐、这样的清香？不用再猜想传说中的仙境有多美，清晨的泽当，在桑烟、音乐和朝阳中沐浴芬芳，仙乐回响，这里正霞光万丈、万物吉祥！

于 2016 年 11 月

窗 外

此刻，我在泽当正推开十一楼的玻璃窗向外眺望。

明媚的阳光一如既往地普照着大地，三月的风从窗口飘来，一半轻柔，一半清凉。本觉得今年春天来得挺早，但谁想到前两天又下起春雪，乍寒乍暖，遂编下两句“歪诗”《泽当早春》：

柳吐嫩绿桃纳蕊，山留残雪闻惊雷。

才道日暖春来早，立见娇红冰中悲。

不过今天，远处山顶上的雪不见了，密密匝匝或高或矮的现代建筑，同四周古老的山一起静默着，构成了眼前的景色。这里一株那里一棵的柳梢上是淡黄色的新绿，三三两两的桃李是明艳的粉白，高低错落的屋顶上飘扬着红旗、彩旗的是行政楼，飘扬着五彩经幡的是民居。楼下草坪已经开始泛绿，院里的松柏苍葱挺拔，小道上不时有汽车出入。

不时传来远处汽车的鸣笛声，一两声犬吠，“咕咕”、“啾啾”不知名的鸟鸣声和楼下孩子们的嬉戏声。艳阳高照、清风徐来，这正是一个悠闲的周末。如果此时我乘电梯下楼，就会看到墙角的玫瑰已经长出了一两寸长的新芽，不知名的小树已经长了好大的叶片。顺着院里小道走过去，会发现背阴那棵杏树的花期因为光照不足还在酝酿中，向阳的桃花却已经在怒放，夹杂在草丛中的蒲公英悄然已经到了可以采摘的时候。

再走出去，就是繁华的乃东路，行人结伴，车流不断，商铺次第排开。林徽因女士的《窗外》中有粪车过街，行人掩鼻，那是民国时的街道了。如今的新世纪，粪车是不会有了。即使农村，这里的大多数老百姓条件或好或差，家居基本都是楼上楼下的藏式小二楼，牛羊在一楼圈着，人在二楼住着，牛羊粪也是不容易看到的。但是美美的庄稼，依然是臭粪浇灌的，你要是到郊区的蔬菜温室棚看看，那注定还是很容易和那刺鼻的味道照面。

白日街附近的大十字处，是泽当人气最旺的地方。附近不仅有“龙马”“天马”“金马”等适宜老百姓购物的市场，也有很多销售藏地特产的老店铺，经常是人头攒动，热闹非凡。至于这几个市场名称都带“马”字，是不是与早期在那立着的“飞马”雕像(也叫金马，现移至别处)有关，未去查证。藏地流行金饰，“老凤祥”“周大生”“中国黄金”等金饰商铺都在此处，也是各自争辉，金光闪闪。说到这十字处，不能不想到“下不下”。多年前在工作中第一次听到“下不下”指代一部分人时觉得很奇怪，其实他们是打零工的人，也是临时的装卸工，往往会问雇主“下不下什么东西”，“装不装什么货物”，久而久之，“下不下”成了这部分临时打工人员的代称。他们经常三三两两地就在这个十字处转悠，等待雇主的到来。

劳动是艰辛的，只有劳动后的收获和点数钞票的感觉才是轻松快乐的。不管是顶着烈日在田间劳作，在工地上干活，还是像“下不下”一样被临时雇佣，没有哪种劳动是可以轻松欢畅的。曾仔细地观察过一个汽车修理工，满身油污地爬到车底下，一干就是好几十分钟；到榨油的老乡家，那轰鸣的机器声几乎要把耳朵震聋，而他们则是日复一日早已习惯；洗脚妹不管面对什么样的脚，都要低头揉洗；清洁工面对什么样的垃圾，也会默默打扫……劳动本身并无高低贵贱之分，只有复杂简单之别，只要靠自己诚实的付出得到该得的报酬，这样的劳动或伟大、或渺小都是值得肯定和尊敬的。他们与偷盗抢夺、坑蒙拐骗、不劳而获有着本质的区别。

“啾啾”、“唧唧”的的鸟鸣声越来越浓密，夕阳斜下，炊烟不见，提醒我这里是城市。这样的鸟鸣声，不禁让人想起陶渊明的诗句“山气日夕佳，飞鸟相与还”。喜欢这样的西藏，喜欢这样的山南市，可以喧嚣为城市，也可以安详成山野，往前几步是繁华，退后几步是宁静。不排斥新鲜的，也不淘汰固有的，足够雅量，足够包容，足够新潮，足够传统！

藏区本来海拔就高，所以高楼少见。有幸住在十一楼，我一不小心就“居高临下”了，这样的位置，适合观景，也适合聆听。夜晚，看到的是最漂亮的霓虹，也有最狂妄的大风。白天，最先迎接日出，也被最先扰了清梦。而此刻，风在山顶，人沐春天，趁着这春光怡人，也该出去走走了。

于 2016 年 3 月

当歌声响起的时候

无数次，我都被这样的歌声打动，愉快、清新、悦耳，似清风抚过，似暖阳普照，似久违的问候，似激动的相聚……

有一句格言，说藏族同胞是“会说话就会唱歌，会走路就会跳舞”。而多年的藏地生活，通过无数的场景，也恰如其分地证实了这一点。今天，不说他们的舞蹈，单说说这些年那些动人的歌声。

1

即便工作沉闷而严肃，但美丽的歌声往往以出其不意的节奏打破沉闷，打破严肃，以不可抗拒的力量传入耳膜。央金兰泽的《遇上你是我的缘》刚开始流行时，隔壁办公室的女同事几乎每天都在大声地练习这首歌，“遇上你是我的缘，守望你是我的歌……”歌曲旋律优美，柔情，她在边工作边唱歌的节奏中，一到动情处就大声唱出来，我在她的歌声中熟悉了这首歌，记住了这首歌。这让我想起藏地建筑中“打阿嘎”的情形，边歌边舞边劳动，如果所有的劳动都能这般轻松美丽那该多好啊！

餐桌酒桌上唱歌更是几乎成为了藏地固定的节目，有些餐厅甚至专门有培养好的歌手，给客人敬酒时挨个献歌，敬酒。在美好歌声的催化下，手中的美酒怎么能不喝呢？吃饭是小事，喝酒唱歌是大事，在这样的本末倒置一首一首歌曲的陪伴下，不想醉的人都醉了。一杯又一杯，歌声伴着美酒，各个酒吧、朗玛、歌城也爆满了……藏地人爱唱歌，爱独唱，更爱大合唱。曾经，在身边人的浸淫带动下，我用五音不全的嗓门，多少次混在合唱的队伍中滥竽充数，伴着《妈妈的羊皮袄》《梦中的绿洲》《康巴汉子》等一首又一首藏歌，度过了一段难忘的日子。如今，昔日的同事，有的白发已经悄悄爬上了鬓间，有些已经光荣退休，时光再变，情怀不变。只愿岁月无恙，我们相聚有期！

美妙的歌声总是那么记忆犹新，时光老去，它的旋律却越来越难忘，越来越清晰。多年前的一次航班上，一个藏族小伙子和身边人在闲聊中唱起了藏歌，一首《卓玛》在几万米高空的飞机上深情地飘来，困意和不安被瞬间驱逐，旅途忽然间感觉缩短了许多。和我一样被感动的听众，把阵阵热烈的掌声送给了那位热情的小伙子，送给了美丽的歌声。

曾经在湖南警院，在院方的接待中同事们把爱唱歌的特长发挥得淋漓精致，一首首激情的歌曲中，主人公湖南的同行和我们打起了湖南——西藏清唱“擂台赛”，友谊在歌声中加固，交流在歌声中深入；在武汉学习期间，一群不同单位的西藏学员在出行的客车上唱歌，《白塔》等藏地特色的歌曲，在姑娘们的歌声中带着标签，留下不一样的“西藏风”；在街边一家餐厅，汇报演出结束后还处在兴奋中的我们，从一开始到结束，一阵一阵的大合唱就一浪高过一浪，留下一脸惊奇的老板和客人不停地拿手机对着我们拍啊拍……

藏族朋友这么爱唱歌的天性感染着我，感动着我，也时时愉悦着我。工作没有轻松的，劳动从来都是辛苦的，生活中除了工作和柴米油盐，还有歌声，或者这才是生活该有的样子。用歌声驱逐烦忧，用歌声洗涤辛劳，这也是人类之所以唱歌的原本动力吧。

2

做为一个70后，说起歌声不得不谈一下曾经同样美好的过往，那些年陪伴我们的歌声，和我们的青春芳华。

学生时代的我们都是在上午、下午的第一节课之前进行集体大合唱。小学时，《学习雷锋好榜样》《我们是共产主义接班人》《骏马奔驰保边疆》《小草》等老师教的歌，在缺衣少食的年代，不知被稚嫩的童声唱了多少遍。那时候，没有电视和现代通讯工具，除了玩耍野长，唱歌几乎是仅有的文艺活动。虽然会唱的歌曲不多，但激情的歌声带着美丽的旋律鼓舞着我们的精神，丰富着我们的内心，愉悦了我们的童年。多少情景，想起来至今仍历历在目，恍如昨日。

到九十年代上中学时，赶上收音机、录音机、电视机开始普及，除了革命歌曲和军旅歌曲，《水手》《永远是朋友》《好人一生平安》《潇洒走一回》等大量流行歌曲开始进入校园、火爆一时；尤其是电视剧，刚刚普及的黑白电视机，虽然能看到的频道不多，但貌似每一个电视剧的主题歌我们都会唱！不同的歌声经常从不同的教室飞出，不同的我们，怀抱着一样的激情和渴望，徜徉在知识的海洋，翱翔在青春的蓝天！感谢那些美好的歌曲见证了我们的成长，也见证了我们的少年芳华！

有缘西藏，我和一群同学的进藏参加工作之路也是在高亢的大合唱中开始的。那一年，一行25人的我们集体包租了一辆大巴车从西宁出发，前往一无所知的西藏。面对第一次出那么远的门，第一次面临可能长期分割的家园和亲人，车辆开动的时候我们把满腔的豪情和悲壮化作了一阵又一阵高亢的歌声，把离别的眼泪硬是化成了开路的壮歌！那时候，青藏铁路还没有开通，一群穷学子也买不起飞机票，随后几天的颠簸和死去活来的高原反应中，谁也没有抱怨、谁也没有退缩，义无反顾中互相搀扶着朝西藏大步而来。每每回想第一次进藏的这段记忆，那脑海中洪亮又激昂的歌声，似乎是对未来的宣战，也是对西藏的最初礼赞——我顺风而来，但愿从此与西藏相看两不厌！

3

曾经在工作中误会和分歧较多，周边关系尴尬的关键时候，恰逢一场简单的工作餐。期间，我说起刚好是我生日。身边的兄弟们有人买来了鲜花和蛋糕，有人提出了去 K 歌。好吧，这个生日实在是恰逢其时。在接下来一起 K 歌的时候，我见识了满头白发的兄长唱出了当时最流行的“宁都啦”（藏语版《喜欢你》），即将退休的“老革命”唱出了美丽的仓央嘉措情歌，而我用笨拙的嗓门，第一次在西藏唱了一首“花儿”！

“印度东方的孔雀，

贡布峡谷的鹦鹉，

虽然家乡不同，

却都在拉萨相会”

欢快的歌声中，误会和分歧少了，理解和共识多了。矛盾和摩擦少了，团结和包容多了。单位是个大家庭，红花绿叶，枝干根须，甚至底下的泥巴和水分都有它的价值，少了谁的努力都不完美。红尘滚滚，百年修得同船渡，众人划桨才能顺利到达彼岸，相聚都是缘分！

在武汉遇到曾经的援藏领导，餐桌上，一定要来个“藏式大合唱”仪式，以表达对三年援藏时光的怀念和再次相聚的不易。《乃东之声》《爱在思金拉措》《我们好好爱》等藏歌在大合唱中带着优美的旋律，似乎把藏地的阳光和清澈带到了武汉。在熟悉的藏歌声中，他们对西藏的一草一木，蓝天绿水和曾经同事们的依恋和牵挂尽在心头，短暂的在藏岁月伴着美丽的歌声，似乎成为了他们心口上的那颗“朱砂痣”，醒目、难忘。

“请把我的歌带回你的家，请把你的微笑留下”，歌声响起，爱情在反复的咏唱中灿烂，亲情在思念和感恩里温暖，友情在理解和包容里升华。世上没有解不开的疙瘩，歌声，除了愉悦我们的身心，也是人与人之间良好的润滑剂。来吧来吧，只要彼此不是敌人，那就让我们同唱一首歌吧，从此一笑泯恩仇，再见只是故人！

最后，让我们由衷地感谢那些伟大的词曲作者吧，感谢他们为不同时代的我们，奉上了别样美好的歌曲。当那些歌星被捧得大红大紫、赚得钵满盆满时，原创者或许还守着清贫，守着简朴在继续创作，这就是艺术的伟大所在。所幸，那些美好的歌曲我们从来就没有遗忘，“从来不需要想起，永远也不曾忘记”，如果能看到自己的作品生命力经久不息，想必创作者也会幸福地笑吧。

于 2019 年 12 月

（本文曾发表于《西藏日报》）

秋色斑斓，你最爱哪一种

从窗口望去，不远处贡布日山上近年绿化的树又红又黄，一片斑斓。我知道，那红如焰火的是杏树叶，那黄金满挂的是杨树叶。时光如箭，不久前的夏天，我还悄悄上山，像发现了宝藏似的，对着一树熟透的杏子惊喜不已！清风徐徐，胳膊粗的杏树上，黄澄澄的杏子在枝头招摇，好似深山里娇羞的姑娘！

“泽当有杏子吗？”

“真没想到泽当居然有杏子！”

好多人对着我发的朋友圈赞叹不已，而当他们询问具体的地点时，我却神秘地发个鬼脸，说“保密！”其实这并非出于完全的自私，贡布日山低矮的小山体部分正在绿化中，山上除了白杨和杏树，还有很多柏树、樱花、丁香等绿化品种，大部分还都处在幼小的树苗阶段，需要认真爱护。每次独自悄悄上山，总能碰到辛勤的护林员在浇水、巡山。为此，我把这里的风景当作私密花园，悄悄的闲逛中，也是百般谨慎，生怕损坏了这些好不容易成活的草木。

生活在泽当，只要用心去发现，这样的小惊喜其实还不少。结巴乡的草莓地，昌珠镇的花圃，有事没事跑一趟，心情都会好很多。或者，驱车去附近的麦地边溜达一圈，又会是一番别样的惊喜。从昌珠镇丁字路口到雍布拉康，有一条沿着雅砻河新修的水泥路，两边都是成片的树林或庄稼地，除了鸟雀的歌唱，也只有河水的声音和偶尔来往的农民，非常幽静。每当想家，或是工作繁重心情郁闷的时候，我都喜欢一个人驾车去这条路上。或者心情好一点，喊一两个闺蜜，一起索性把附近的几个乡村都转上一圈，美其名曰“乡村游”。有次春耕的时候，和闺蜜在车上嘻嘻哈哈驱车而过时，地里的阿佳们主动和我们打起了招呼，开口却是一句“Hello”，我们大声回应“Hello！Hello！”然后笑笑而过；冬天，我曾专门停车等待附近冬麦地里的数百只斑头雁起飞，没想到一辆摩托车过来，调皮的年轻人像是明白了我的等待似的，几声大吼让它们顿时飞了起来，天空中瞬间满是嘎嘎的叫声和它们成群结队飞翔追逐的身影；在公路边经常看到麦地里长了很多杂草，还以为这里的人们根本不除草，就在这样的转悠中，发现他们还是要除草的。后来从农牧局的朋友口中得知，昌珠镇克松村、克麦村一带种的麦子基本都是种籽粮，成熟后会由专门的部门收购当作西藏全区的麦种，要求自然是不低的；结巴乡的油菜花盛开的季节，从路边经过都是一股浓浓的袭人花香，芬芳无比。也是在这里，我在开春时还发现过大片美丽的黑颈鹤……

白杨树除了在秋天有美丽的黄金叶，有些品种在春天还开出紫红色的花穗，蓝天下特别妖艳；柳树是绿得最早，落叶最晚的树种，十二月份落叶，来年二月又绿了；桃花除了几个明显的品种外，总是分不清到底是梅花还是桃花……有山有水，有树有花，有瓜有果，这样的地方，对西藏平均海拔 4000 的高原来说，基本上就是宝地一块了。也正是依赖着这样的优势，强盛一时的吐蕃王朝从这里开始崛起、发展扩张、统治高原。和别人聊天，我说我从到达西藏那天起就一直居住在泽当时，对方都会说“一直在泽当是多么幸福啊！”是啊，和那高海拔的冰天雪地相比，和那长不活一棵树的高寒地区而言，有幸在泽当真的是多么幸福啊！

然而，人生是个多面体，优越的环境并不能免去生老病死之痛，悲欢离合之苦，在这一点上，造物主对谁都是公平的。唯有内心的独立强大才是战胜环境、战胜自己的钢铁铠甲。有人在艰苦的环境下饮雪餐风，却如太阳一般热情光明；有人在优渥的条件下锦衣玉食，却如冰窖一样阴暗冰冷；有人老当益壮奋斗不止，有人未老先衰徒有其表。“世上没有完全相同的两片叶子”，即便同样的环境下，并没有同样的心境、同样的眼光、同样的追求……生而为人，每个人注定都有自己的风景，属于自己的春夏秋冬！

秋风萧萧，伴着阵阵寒意给大地带来了别样的盛大美景。树叶一片一片，正以势不可挡的气势日渐斑驳、随风而落。而冬麦地里，新的绿意已经隐隐破土而来。室内阳台上的花草，隔着一层玻璃的温暖，借着这秋天的太阳或开花，或发芽，恰似又遇到春天！谁说草木无情，一丝一毫的阳光、空气和水分，他们都会做出热烈的反应！这才是活着的姿态，生命该有的律动！

春光明媚，秋色迷人。有空的时候，还是出去看看吧，看看这色彩斑斓的美景，你最爱哪一种？

于 2019 年 10 月

西藏的云

西藏的云，是童话的摇篮。随意的变幻，畅快的流动，自由如风，奇妙如海，无意中点化了四季的时空流转，硬是把红尘人间，描画成了仙界的模样。

春天的云是雪山的伴侣，它不是躲在一场风雪后翻滚如画，就是在如画般的大笔写意中酝酿着一场风雪。山头的雪还在歌唱，狂风还在人间溜达，春天的脚步硬生生被拽得慢下来，再慢下来……桃花开了，雪花来了，旭日晴空中，云和雪连连缀缀，一样的白净，一样的狂妄不羁，分不清哪里是雪、哪里是云，只对着云缝里露出来的丝丝缕缕蔚蓝天空，打开想象的魔盒，任故事随意发展……

夏天的云是天空的主宰，他带着击退了雪后的胜利与骄傲，毫不犹豫地霸占了天空，时而堆起云海的千山万壑，时而给天空穿上美丽的纱衣，时而盛开洁白的牡丹朵朵，时而如哈达飞扬在山间。云，他也会挥舞着自然的长鞭，风雷激荡中把整个宇宙的狂怒抛向人间……雨声咆哮，雨声叮咚，雨声淅沥，雨声无息，夏天的狂欢，伴着频频而来的绚烂彩虹，在云朵的俯视下进入高潮……

秋天的云闹腾够了，突然就撇下天空去流浪。东一朵、西一朵，高一朵、低一朵，好似战败的散兵游勇，做不了像样的抵抗，成不了气候。太阳依然耀眼，狂风也被云拐带，去了远方。淡淡的天幕下，树叶的告别宴会如期举行，草木昆虫也享受着最后的温暖时光……

冬天的云，像极了一首情诗：你见，或不见，我都在这里等你。万里长空，有时候是一丝云、或几丝云的区别。有时候，是乌云滚滚，下雪、或不下雪的区别。狂风占据了阵地，云也懒得假装声势，缘来缘去、云卷云舒，都听从风的命令，小鸟依人中追随风的步伐，跟紧风的节奏，演绎别样的风起云涌！

西藏的云，那是惬意的集合，得意的流浪，潇洒中不带一丝矫揉造作。如羽如絮，如纱如帘，如歌如诗，轻描淡写或浓墨重彩，似乎把无数的问题抛给蓝天，又把无尽的答案写向人间。奇妙的相遇，有趣的对话，如果真有一眼千年的爱恋，西藏的云便是一个最好的例证，只需一眼，它便能勾了你的魂，摄了你的心，让你从此念念不忘、魂牵梦绕。

红尘喧嚣又纷乱，独西藏的云永远那么闲云野鹤，让人有种头顶有蓬莱的惬意。匆匆的人啊，来看看西藏的云吧，只一眼，世俗杂念便被荡涤一新，人生的沉重瞬间轻盈。来看看西藏的云吧，这洁净、这至纯、这美妙，恰似昨夜的清梦，既衔了往日的憧憬，又点燃明天的诗意，总让人欲罢不能。

远方依然很远，唯这西藏的云，汇聚了无数的远方，凝聚了无限的可能，让每一天，都成为了奇迹！

于 2020 年 9 月

行走，在那片林荫道上

在山南，城市的末端，田野的脖颈处，有那么一片美丽的林荫道。高高的白杨树是两排整齐的哨兵，静静守卫着土地的安宁。整个冬天，呼啸的狂风中，他苍劲的躯干直插云霄，大片的斑头雁和野鸭的悠闲鸣唱中，春天，姗姗而来；夏，撒下的那片绿荫啊，自成一片诗情画意，归来归去的农夫农妇，调皮的孩童，缓缓驶来的汽车，无不为这片宁静幽雅所折服！秋，自然的神笔悄悄一挥，万贯黄金就跃上枝头，一片炽热被挂上头顶的湛蓝天空，田野，被彻底陶醉了！

宽敞的大路属于奔跑，崎岖的山路属于登高，泥泞的小路属于磨炼，幽静的林荫道则属于美好。儿时的蚂蚁、野花依然在这里静静等候，少年青涩的迷茫好似树荫里的斑驳阳光，中年的通透恰似头顶上深深的那片蔚蓝。走了那么多的路，一见如故的林荫道既是心头的朱砂痣，也是眼里的白月光。

慢慢地行走在岁月的深处，前方，多么期待传来一声久违的乳名，飘来一阵熟悉的清香。放下手机，放下整个世界的喧嚣，这样的恬静安详，是梦开始的地方，也是心愿意躺下的地方。

拥挤或孤独，只是因为选择不一样。麻雀扎堆、鹰隼独飞，尝过独木桥的惨烈，再看平淡，未尝不是一种幸福。进可繁华，退可田园，一头连着城市的霓虹，一头通着田野的芬芳，美丽的林荫道仿佛人生的驿站，来自原野深处的能量才有资格补充厚积薄发的力道。

爱上这片林荫道，爱上它的低调轻奢，爱上它的优雅灵动，爱上它的博大精深。曲径通幽，柳暗花明，地球虽然是圆的，但它的每一寸肌肤却是粗糙不平的。学会接纳不公与不平，人生才会无处不精彩。

虽然泥泞就在身边，但平坦不也是在附近吗？这样的一片林荫道，傍着太阳牵着星星月亮，向前是十里繁华，退后是袅袅炊烟，怎不让人着迷呢？

于 2020 年 6 月

赐我一场遇见，就像鱼儿遇见水

赐我一场遇见，就像鱼儿遇到水，青苗遇上春雨，炎夏一阵凉风。就像在绝望的悬崖边，遇见一片温暖的绿洲，生的气息在奔放，呼吸都变得酣畅。

你看，晨起的阳光和鸟鸣是多么相配，夜的沉默和皎洁的月光是多么相配，喜马拉雅的雄伟和雅鲁藏布的静谧是多么相配，高天的浩瀚和大地的厚重是多么相配！

高山流水、琴箫合奏，江湖一直在不远的地方喧嚣，唯有懂的人，才能品味那份宁静与淡然。笃定一份执著，相濡以沫或相忘于江湖，都愿捧出一份朗月清风，清波涓流。

赐我一场遇见，就像河流奔向大海，雨滴追向大地，鸟雀飞向天空。因为有你，一颗心经常变得轻盈，貌似要飞起来了。飞吧，灵魂若不能自由的飞翔，又拿什么来抵御活着的残忍？

一路茕茕，一直笃定某个路口一定会遇见你，就像琴弦遇上了知音的十指，小河遇上了奔腾的大江，蒲公英的种子正好遇上了一阵大风。一路向前，诗书中的春天、眼眸里的远方、和你眉梢的喜悦叠加撞击，这足够我们认真地消磨余生，认真地填满那些空着的位置。

赐我一场遇见，生命除了繁衍和劳作，还有更多的吟诵和飞翔。我只等你，在时空的某个拐角不期而遇，然后旋风卷着旋风，海浪裹着海浪，旋转、翻滚，直到天涯和海角、直到海枯石也烂。

你想骏马我想风。赐我一场遇见，就此马儿带着风儿，一路追着日落又日出，潮起又潮落！

大地宁静，生命浩荡，时间落荒而逃。赐我一场遇见，悲欢成歌，离合为诗，心要飞翔的天空，肉身自然剥离沉重。赐我一场遇见，兰叶葳蕤，阳光澄澈，一切刚好是想象中的模样！

于 2020 年 12 月

同浇一枝花，共享新明天

——民族团结故事点滴录

出生在一个传统的土族家庭，上的是土族中学，民族大学，又在藏区工作生活多年。回想这些年与各民族同胞间相处的点点滴滴，还真是特别有意思呢！

1

说起来好笑，我怎么也没想到今生会被别人当成回族来对待。虽然回族，是我接触的除了土族以外的第一个民族。你要是知道我出生在青海省民和回族土族自治县，就会知道我说得一点都不夸张。真的，小时候的记忆中，除了土族，就知道回族，这是大实话。

在西藏参加工作，当我习惯性的口语“阿门了”（怎么了）脱口而出之时，周边不知道还有“土族”这个少数民族的群众，前来办事时把我自然而然地划归到经常说“阿门了”的一类人——来自西北的回族同胞中，在他们的眼中，好像所有说“阿门了”的人都是回族。后来我就经常解释，“阿门了”只是青海方言，或是西北方言中的一句，并不代表说“阿门了”的都是回族……

上高中的时候，漂亮夺目的班花是我同桌，而且是仅有的两个回族同学之一。冬天，我的手脚总是很冰凉，可她的手却非常暖和。那些同桌共学的每一天，她到座位后第一件事都是给我暖手，用她热热的双手握着我的手，等我暖和了她才开始学习。如今想来，这真是今生都不会再有的温暖。两个少女，心无杂念，只为传递温暖！那朗朗的书声和清纯的校园啊，永远记得我们的友谊！

有一次开斋节时，我和另外一个同学应邀到她家做客。那是第一次去回族同胞家做客，我们在紧张中伴着开心，第一次享用了美味的馓子、麻花等美食，临走时她还送我俩每人一双袜子！那个穷苦的年代，一双袜子不仅代表着一份情意，也代表着真实暖人的关爱。

我总是一不小心就和美女成了闺蜜——大学期间，明艳动人、却不知道自己有多美的那个“傻傻”的回族女孩，又成了我的闺蜜、“死党”。她实在是太漂亮了，和她走到哪里，都是一片惊奇的异样眼光——说实话，真的有点羡慕嫉妒。但是她太低调了，太内敛也太清高了，视所有热情如浮云，男生的眼光从开始的热情到后来的被一瓢冷水浇灭，真是很有意思的变化！有时候，面对身边的高回头率和帅哥们“好漂亮啊”的窃窃私语时，她也会突然悄悄地小幽默一下：“得明确，到底是说你呢，还是说我呢？”，我会狐假虎威地回答：“当然是说我呢！”

“安赛俩目尔来库目”，

“尔来库目赛俩目”，

这是她教我的阿语，也是穆斯林同胞们见面打招呼时的问候语，第一句是主动问话，第二句是回答别人的问话。虽然彼此之间的习俗不是太懂，但学会关键的一两句话，有的时候还真能拉近彼此的距离，消除了不该有的隔阂。

2

在西藏的日子，工作生活之余，开朗豪爽的藏族同胞爱开一些非常“豪放”的玩笑，譬如对某个女性来个搂搂抱抱、高高抬起等之类的。但这种玩笑，他们仅限于对藏族女性，对汉族及其他民族女性保持了“非礼勿动”的基本礼仪，从不越礼。和藏族女性闲聊说起这个时，她们也说“你们汉族女的他们不敢乱开玩笑”（我也经常被当做汉族），事实也确实如此。相反，由于语言上的不同，“阿姨” 有时候成了他们对所有汉族及其他民族女性的特定称呼，虽然有时难免不合时宜，却也无伤大雅。记得刚参加工作有次出差时，有个四十几岁的人叫我“阿姨”，心里突然就“咯噔”一下，人家明明才参加工作的小姑娘，怎么就成了“阿姨”呢？后来看到他们好多人经常对汉族或其他民族女性，无论年龄大小都喊“阿姨”时，才明白原来“此阿姨”非“彼阿姨”，人家只是想表达对你的一种尊重和礼貌而已。

参加工作之初，单位里的汉族才仅仅几个人，每逢春节，领导给没能回老家过年的汉族同志直接放假，完全不用管那几天的单位值班。后来汉族同志慢慢多了起来，就约定俗成般春节藏族同志值班，藏历新年汉族同志值班，相互理解默契配合，谁也没有什么怨言。

最难忘的还是在医院的那次感人经历。曾经爱人出车祸住院的时候，因为他当时是肋骨骨折，每次都需要有人从后面抬一下背部才能坐起来。而我在照顾他的时候，因为手臂力气不够，抬他的时候不但费劲，还不能让他顺利坐起来。每当这时，照顾隔壁床一位老人的藏族阿佳（姐姐）总是主动过来，用她有力的胳膊帮忙轻轻一抬，就能让爱人坐起来，顿时让我们心里都充满了感激。“阿佳”照顾的是一位从高处摔下胯骨粉碎性骨折的男性老人，看她服侍的那么体贴，我们一直估计是老人的女儿，闲谈中才了解到原来是老人的儿媳。病房里住着藏汉不同民族的好几个人，后来的观察中，发现那个“阿佳”不仅是照顾她的公公和我们这一床，其他病床上谁需要帮忙的时候，她都是第一个跑到身边伸出援手的人。“阿佳”几乎不会说汉语，我们在病房的几天和她也没说过几句话，但她朴实、善良、孝敬老人、乐于助人的美好形象，短短的几天内深深地印入脑海，感觉无意中又给了我们一次“再教育”。

3

热情豪爽的高原民族几乎无酒不欢。说起喝酒，恐怕每一个初次进藏的人都被藏族同胞热情而隆重的“三口一杯”喝法给“坑”过。每当节日或是比较隆重地接待一些亲朋好友时，他们会拿上用银子包边的大木碗，里面盛满啤酒或青稞酒，笑盈盈地端到你前面，一边道着“扎西德勒”，一边请你“三口一杯”。好吧，恭敬不如从命，好不容易喝了第一口，第二口，第三口的时候好多人迫不及待地一饮而尽，而身边的他们却露出了神秘的笑容。等你喝完了，才一起大声笑着起哄“错啦！重来！”这一次，人家才认真地给你教什么是“三口一杯”，嘻嘻哈哈的笑声中，你得细心地数：第一口，第二口，第三口，然后一个满杯这才是“三口一杯”！后来，我们把这种做法悉数照办，给很多内地新来的亲朋好友见识“三口一杯”，不知留下多少有趣的故事和开心的笑。在西藏久了，我更愿意把包括自己在内的各个民族都统称为“高原民族”，因为时间一久发现很多后来进藏的人有意无意中变得和这里的土著“藏族”一样豁达、爽朗,感觉什么烦恼忧愁都跑到九霄云外去了。

西藏是一个特别开放、包容的地方,拉萨八廓街头看看来自世界各地不同民族、不同肤色、不同语言的人流,就会明白这是一个多么和谐吉祥的地方。虽然这里是个以藏族为主的少数民族自治区,但在朝夕相处的时光里,各民族间互通有无、和睦相处,早都是谁也离不开谁的“家人”关系。身边也有不同民族通婚的很多“团结族”,亲眼见过老乡的孩子和妈妈说藏语,和爸爸说土语,两种语言都熟练运用,一点都不含糊;也见过两个头戴纱巾的女人,开口却是满嘴的四川话,原来是川妹子嫁给了这里的穆斯林;也有朋友是藏族和回族通婚家庭出身的,藏语非常流利,但饮食全是清真,两个民族的风俗习惯拿捏得恰到好处。

中华民族是个多元一体的组合,历史和过去是由多个民族一起谱写的,现在和将来也必将由多个民族共同创造和拥有。民族团结,说起来是四个字,做起来却是日常生活中的点点滴滴,是许许多多的小事。“民族团结是各族人民的生命线”,在这个生命线上,每一个人只有从身边点点滴滴的小事做起,做到互相尊重、理解、包容,中华民族团结奋进的大厦才会坚如磐石。

生在中国,无论你是哪个民族,都是中华民族的一员,都是美丽新中国的主人。让我们同浇“团结”之花,五十六个民族兄弟姐妹手拉手,一起奔向美好的新明天吧。

于 2020 年 07 月

开耕节，我“摸”了一下节日的“尾巴”

西藏每年的“开耕节”隆重喜庆，身着盛装的农民，被花花绿绿的彩条装扮起来的牦牛，插着五星红旗、挂着领袖像等被特意打扮了的拖拉机是那么耀眼夺目。每年的这一天，朋友圈里的文青们都会发一系列照片和感悟，而我因为工作原因没法去现场感受那份喜庆热烈，总是心存遗憾。

正在忖度着哪一天是今年的开耕节，一定要设法去现场感受一下时，庚子年的开耕节就这样匆匆与我照面了。3 月 16 日，星期一，坐在办公室的我照样是从朋友圈得知这天居然是开耕节！“今天是开耕节啊？”“今天竟然是开耕节哦！”我自顾自地激动着，对面的同事低头忙于工作，无暇回应我这无关紧要的话题。好不容易熬到上午下班，急匆匆给孩子安顿了午饭后，立即驱车奔向昌珠镇方向。“萨热索当”——被称为西藏历史上的“第一块农田”就在这里，看开耕仪式去这里肯定没错。但是，我真的是赶得太晚了，昌珠镇周边的农田除了是已经发绿的部分冬麦，其他耕地空无一人。正在失望之际，克麦村附近低头觅食的一片斑头雁带来了意外的惊喜。虽然在冬天它们是这里的“常客”，但这些日常在高空飞翔的禽类，突然近距离出现，还是让人不由得心生喜悦。

但我是来观摩开耕节的，不甘心之余跑到雍布拉康脚下“第一块农田”附近，依然没有发现开耕节的迹象。就在这样失望的返回途中，却正好与结束“开耕”仪式正在回家的玉沙村车队相遇！宽阔的公路上五星红旗耀眼夺目，四轮的拖拉机头载着领袖像，被花束、哈达、彩色璎珞、黑色、白色的牦牛模具一装饰，分明是装有轮胎的牦牛队伍在行走！这是一个由十辆“拖拉机”装扮组成的开耕车队，一阵“突突”驶过公路时实在惹眼，一路的汽车不禁放缓速度，车内估计都有人在不停地拍照吧！

随着时代的变迁，用拖拉机播种已经替代了用耕牛播种，单从对拖拉机的装扮上看，也不难看出这真是个有趣的仪式。“民以食为天”，尤其是今年，在新冠肺炎疫情的阴影笼罩下，在高原的大太阳下依然能看到这么认真的开耕，一份踏实和安稳扑面而来。

就这样，虽然迟到的我只“摸”了一下开耕节的“尾巴”，但新的种子伴随着美好的期望已经播下，希望的田野已经复苏。只愿新的日子能风调雨顺，万物顺遂，开喜悦的花，结圆满的果。

于 2020 年 3 月

泽当雪趣

一场渴盼已久的大雪就这么来了，仿佛酝酿了很久，又好像突然造访。

前一日，个个都还盼着下一场雪该多好，一夜睡醒，大雪已经悄无声息地厚厚铺了一层。晨起上班，只见那些忙碌的车辆突然放缓了脚步，在冰雪路上缓缓谨慎爬行；平日里匆匆的上班族也难得地放慢了速度，踩着积雪小心赶路，唯恐滑倒；有人已经在打扫房前、屋顶的积雪，忙碌的交警早都提前上岗，守护着雪中的平安；抬眼望去，小城一片银装素裹、玉树琼花，格外玲珑。四处的山头白雾蒙蒙，似乎依然在下雪。只是，因为雪的缘故，贡布日神山，西扎神山等似乎比往日近了很多，高大了很多。

还没来得及仔细观赏这难得的雪景，一轮红日就那么约定好了一般喷薄跃出，光芒四射。这里的太阳就是这么任性，明明是一片阴沉沉的雪中怒容，却瞬间就像少女的脸一样忍不住放晴了，天空像小孩画笔下的涂鸦一般，这里那里的漏出了越来越多的蓝——似刚洗过的，特有的西藏蓝。如此美景，不禁想起伟人毛泽东的《沁园春·雪》，“须晴日，看红妆素裹，分外妖娆。江山如此多娇，引无数英雄竞折腰”，若伟人在世，看到这样的蓝天、红日、白雪，不知又该写出怎样不朽的诗篇？万里江山万里壮，为这大美江山“竞折腰”的何止无数英雄，更有无数默默无闻的平凡人，在平凡简单的守护和建设中常年饮风餐雪，熬筋骨、炼意志、为守国土、建家园流尽最后一滴汗和血，这样的守护和建设一样是重于泰山！真是“俱往矣，数风流人物，还看今朝”！

忙碌的人依然忙，也许无暇欣赏这红日暖阳下的雪景有多美。但对于大多数人来说，这样难得的雪景无疑是一场天赐的欢乐。毕竟，这样的雪，在相对温暖宜人的泽当还是少见。拍照、留影、打雪仗、堆雪人，无论大人小孩，或赏、或玩都可以找到适合自己的乐法。或者，什么都不做，就踩着白雪简单走几步，脚底下那“咯吱咯吱”的声音，听着也是别有一番乐趣吧。看着这美丽的雪景，中学时候的一场雪仗从忆海中跃然眼前：成团的雪球不知被谁带到教室，一时间雪球乱飞一片狼藉。一个调皮的男生本想把一雪球悄悄放进一个女生的领口，可那雪球偏不听话掉进人家的前胸，搞得那女生取也不是，不取也不是……前不久的同学聚会说起此事一片哄然，天真无邪似乎就在昨天……正是寒假时间，孩子们都在家里。如果是在校园，这样的雪一定会让它们乐不可支吧？

中午，暖烘烘的太阳下到处是一片滴滴答答的雪水声，让人恍惚这到底是下雨了还是下雪了。打开手机微信，满眼都是各种雪景下的欢乐场面，还有那些充满童趣创意无限形态各异的小雪人。“人之初，性本善。性相近、习相远”，小时候爱玩具，长大了爱自然，不管简单或复杂，每个人的骨子里应该都有孩童的一面吧，只要时机合适，就会显露出来。而生活在泽当，天天对着蓝天暖阳，人本来就豁达热情，这样难得的雪景又岂能辜负？

瑞雪兆丰年，“四九”末的雪，就是一场及时雨。抛开城市里人们的乐趣，那些久渴的农田和草场也应该喜笑颜开了吧？只是，泽当通往隆孜县、错那县的部分路段因积雪结冰封路，阻挡了行人的脚步，可谓美中不足。

然春风日暖，地气渐热，想必也封不了多久吧，更不至于造成什么灾害吧？

于 2016 年 1 月

猴子洞探秘记

进藏不久,就听说泽当东面的山上有猴子洞。等到后来了解到神猴和罗刹女的美丽故事，就一直惦记着要亲自去看一下那个浪漫故事发生的地方。但时机未到，以前去猴子洞可以说是“无路可寻”，偌大的贡布日山全靠别人的口头指点去爬，什么“翻过山就是”,“只要不走岔路就能到”之类的,去了两三次,艰辛异常之外,都与猴子洞无缘错过。

时光变迁如箭,2021 年，一条明晃晃的上山台阶已经从尼姑寺后面成功通到了山顶,去找猴子洞再也不用自己寻路、甚至“开路”了。三月的一个周末,趁着日光明媚,终于与猴子洞亲密相见,酝酿已久的文章也可落笔了。

一、贡布日神山

说起猴子洞,就不得不说一下这贡布日神山。山南市政府所在地泽当镇,地处雅砻河谷,雅鲁藏布江在这里缓缓流过,滋润了大片良田。发源于亚拉香波雪山的雅砻河一路徜徉,也在此处汇入雅鲁藏布江。市区,正是在一江一河交汇处的这一片宽阔平谷地带,东边的山体与城市布局直接相连,就叫贡布日神山(贡布日山),海拔 4472 米;南面不远处便是位于乃东区亚堆乡的亚拉香波雪山,平均海拔 6635.8 米,民众也视之为神山;西面则是西扎神山，因山上有佛教著名人物莲花生大士修行过的“西扎洞”而闻名，海拔4585米[1]。

行走西藏的山山水水间，感觉故事真多！不同于别的神山，贡布日神山的出名与宗教无关，而是源于藏族对祖先的追溯和敬仰。在他们的人类起源故事中，是这么描述的：贡布日神山有三座峰，三个山峰各有一仙洞，相互连通，分别是神猴修行的森木乌孜、罗刹女修行的央嘎乌孜，和普贤菩萨修行的竹康孜。后来，罗刹女爱上了神猴，神猴经请示附近修行的普贤菩萨同意后，与之结为夫妻，并诞下六只小猴，这就是藏族的祖先。“泽当”的地名由此而来，意思就是“猴子玩耍的坝子”。

据《乃东县志》记载，民间传说中贡布日神山有四位神灵抬着，分别是东面马王、西面神象、南面灵龟、北面孔雀。四位神灵把山体托举在半空，离天一大截，离地一大截，所以在山上可以同时看到仙境和人间，能预知未来。山上的三个洞穴，后来被人们视作神仙洞穴，说只要在森木乌孜点上一炷香，竹康孜也会冒烟。

现实中，贡布日神山不仅指的是泽当城区东面这一片山，甚至一直由此延伸到昌珠寺一带的山体，都叫贡布日神山。譬如昌珠寺的名称，“文成公主用五行算法算出妖魔左肩在贡布日西南方向，也即今昌珠地方……昌珠寺由此而得名”[2]。俗话说“看山跑死马”，这么大的一片山体，虽然山上有几处寺庙，信教徒有固定的大小转山道，但对于不熟悉的人而言，冒然去爬，除了艰辛，荒山野岭之间不确定的危险更是不能忽视。

而作为在山下仰望了十余年的笔者，第一次去爬贡布日神

[1]《乃东县志》：中国藏学出版社，第7页，第9页。

[2]《乃东县志》：中国藏学出版社，第529页。

山寻找猴子洞,也是受惊不小呢!

二、初登贡布日

第一次去爬贡布日神山,是在2016年10月。一起的伙伴是刚参加工作的90后姑娘小马,兰州人,也是我的同事。俩人按约定上午9时出发,从尼姑寺(桑阿申钦寺)南面的药水泉处,也即山的西坡开始往上爬。因为不知道路,走的完全都是野山,连羊肠小道都看不到,真的是完全手脚并用的“爬”。爬着爬着,前方的视线经常被高大的山体挡住,不知道接下来该怎么走。

出发时每人只带了一瓶矿泉水,不到一会儿就被喝光了。好不容易翻过前面的小山体,差不多在快要到达山顶时,旁边一条小路上来了一位领着一个三岁小男孩的女人。我和同伴走的位置不对,竟然完全没看到那条小路。和领着小孩的女人一聊,原来她也是来探寻猴子洞的,那正好一起走吧,多一个人壮胆也好。

中午两三点,在即将到达山顶时,我们顺着看到的哈达和小路,走向了偏右点的一个貌似山洞处,以为那就是猴子洞。等到完全抵达,才发现不过是一个稍带点崖壁的小沟沟,算不上山洞。但奇怪的是竟也有煨桑、献哈达的痕迹,不知是何处?顺着山体继续往上,就基本是峭壁高耸,无法攀爬,只能是绕着过去。就在绕行翻山的过程中,突然在前面高高的峭壁上看见了两只拖着长长毛发胡须的灰色山羊,于悬崖绝壁上屹立远眺……我恍然间有了一种“这是羊大仙吗?”的诧异感觉!

在山顶继续往右,没路没人烟的荒山野岭让人徒增恐惧,虽然整个市区及雅砻河谷就在眼皮底下。三个女人加一个三岁的孩子,选择了往左退,才发现此处往山的东坡有明显的下山小道，遂高兴地选择了由此下山。但是走了没多久，这个选择几乎让我们要哭了！弯弯的羊肠小道不仅非常陡，而且走着走着，直接消失了……

下山没多久，就在一个岔路上发现了第一个山洞。翻过这么一座大山，又没饮食补给，人已经是筋疲力尽，又冷又饿，对猴子洞几乎已经失去兴趣了。而山顶的大风，照例又吹犯了我的偏头痛，整个人都有点懵。90后的小马最年轻，体力也最好，她跑去看，说洞口是封住的，也就直接不管它了，径直下山。走着走着，不知过了多久，又有岔路通向第二个山洞，依旧是同行的小马跑去看，说也是封着的。看着时间已经是下午，而我们还在不知道前面有没有路的半山巅，带着个孩子……

心里的恐慌没有说出来，我们把恐慌实践到了行动上。在羊肠小道几乎消失的时候，我们果断地选择了认为是距离山下公路最近的一条山沟垂直下山……山沟是怪石嶙峋中被洪水多次冲刷过的，原本就不是路，一不小心会直接滚下去……无奈，天黑之前必须得下山，只能冒险一搏了。先下去一个人，慢慢踩稳了再抱下孩子，等着下一个人往下踩稳了，又把孩子抱给她……上山容易下山难，看起来不过两三百米的山路，我们的下山却花了整整三四个小时！

晚上七点左右，当三个女人带着孩子终于走在贡布路机动大队附近的公路时，不由得长舒了一口气……踩在平地上的感觉真踏实啊！

天天抬头就见的贡布日山，猴子洞，第一次与它“亲密接触”，没想到竟是这么个出乎意料的结果！如今回想起来，依然是心有余悸！所幸那天三岁的小男孩那么坚强，竟然没哭没闹！天公也算开眼，没下雨雪……

山上发现了两种通红色的小果实，很漂亮，因为不熟悉也没敢品尝，只是拍了照片。回来发到一个诗歌群，有人说那分别叫“次扎多”和“嚓吧”，属于草药，都能吃。也不知真假。

三、见证骡队上阵，修建游步道

我是个不爱运动的人，但对于爬山却乐此不彼。那一步一步登高望远、把高大的山体慢慢征服在脚下，居高临下、俯视一切的感觉，是别的运动无法给予和体验的。随着城市建设进程的发展，2017 年，乃东居委会健康步道修成。那是从乃东居委会开始，沿着贡布日山上的孜措巴寺一圈的几百米健康步道，一路都是水泥台阶，非常平整。山上有观景台和健身设施，一路有转经筒，男女老少络绎不绝。但是这种没有太大征服感的小山体，总感觉还缺点什么——爬山，爬山，还是有点需要“爬”的难度才有意义啊！

就这样，2019 年 10 月，和诗友木朵朵一起从尼姑寺后面开始再次向着贡布日山顶而行。知道不好爬，这次也就没打算到达山顶，想着爬到哪儿算哪儿，我们关键是要爬山的“那个感觉”！中午 12 点趁热出发，山下的白杨树刚好一片金黄色，美不胜收。等到正式开始爬山，才发现木朵朵有恐高症，在我看来和平地没什么区别的一点小坎坎，她却是双腿打颤，需要牵着她的手才敢走过。就这样，慢慢地边爬边拍照，到下午三四点的时候，我们才爬到有第一个玛尼经筒的小平台上，城市几乎已经在脚下。平台处怪石嶙峋，非常陡峭。但就在那样的陡峭中，不知是谁安装了好大一个玛尼经筒，又在经筒上方安放了好几个类似脸盆一样的玩意儿,好借用风力转动玛尼经筒。

望着看不到山顶的前方,再看看脚下的城市,反正是没打算到达山顶,我们索性找个稍稍背风的山坡坐下来晒太阳。正值金秋十月,风在不冷不热之间,太阳暖烘烘地照在身上,无比舒服。看起来光秃秃的山,近看却是被一层薄薄的植被覆盖,草木呈现不同的红色、棕色,点地梅虽然花期已过,但地面部分模样依旧美丽可观。稍稍背阴处,还有指甲大小不知名的野花傲然盛开,风景不负有心人——出来好歹都算有收获。

2020 年夏秋,从山下可以看到通往山顶的方向明显多了一条明晃晃的路时,一直纳闷今年为什么上山的人那么多,竟然直接走出一条路来了? 11 月份的一个周末,想一探究竟的我又带着九岁的小儿子再次来到了尼姑寺后面,这一来,亲眼见证了艰难的上山台阶是怎么修成的——二三十匹骡子被分成五、六匹一组,由人驱赶着沿新修的台阶旁边小土道正不停地运送工程用料呢!——这种借用畜力的原始劳作,再次告诉我这里是西藏,真是诸事艰难!尤其修山路!

山脚下有工程公示牌,项目名称为“山南市乃东区贡布日山旅游景区建设项目”,建设规模是“2300 米游步道及附属工程”,总投资 863.28 万元,建设单位为乃东区旅游发展局。

曾经无数次,我想过这山什么时候能修个台阶?或是好好搞旅游开发,修个索道缆车啥的。没想到,悄然间,上山有路有台阶就这么容易实现了。

四、亲遇猴子洞

2021 年 3 月的一个周末,缘分凑巧,又是和第一次一起上贡布日神山的小马约到了一起，身边还多了我的小儿子。三月的高原春风料峭，虽然柳枝已经冒出了新芽，桃花开始绽放，但天气还是比较寒冷。我们选择在中午 12 点从尼姑寺后面出发。

因为之前那次饥寒交迫的经历，这次爬山我们带足了零食、水果、热茶水等必备物品，顶着午时的大太阳快乐出发。有台阶的感觉果然不一样，不一会我们就爬到了第一个观景台处。在山下时看到有一大片红嘴鸦盘旋、聒噪在附近的高空，到这个平台时明显感觉它们几乎飞行在与我们平行的高度了，不时还有几只到近前觅食，乌黑的身体带着通红的嘴巴和双脚，感觉非常诡异。虽然上山游步道看起来还没有最后完工和交付，但山上已经人流不绝、拖儿带女的全是来爬山的人。本地人注重信仰，基本都是从山的东坡上山，西坡下山。像我们一样不按规矩从西坡上山的人，一路都是与他们迎面而遇，微笑中擦肩而过。

边歇边走，约在下午 3 时，我们成功到达山顶。在山顶，除了风口处呼啦啦作响的五彩经幡，还有一阵又一阵很大声“咕咕嘎嘎”明显的野鸡叫声。这种机灵的飞禽，一身的保护色，胆子非常小，见人就飞。就在往山后的栈道上前往猴子洞途中，我们看见了好几只它的身影，一身麻色，与山体的颜色几乎融为一体，就在附近觅食——野鸡被列为国家二级保护动物，随着生态环境的改善在青海老家几乎已经成灾……没想到在西藏海拔 4000 多米的贡布日山顶，竟然也能与它不期而遇。

猴子洞就在从山顶往东坡下山的半山巅上，从洞口看去，内径不大，基本是一个小洞口，貌似最多可足五六人避雨——网上介绍的“洞高 25 米，宽 6.95 米”实在有点让人怀疑。洞口挂了很多经幡和哈达，洞内一张有猴子的画像前全是各类干果、鲜果等的贡品,说明前来祭拜探望的人不少。既然来了,我们也随手把路上备吃的鲜果干果在那里也留了一些,也算是正式“拜见”这另一个孙悟空般传奇的“神猴”了。

山的东坡也是山的阴面,好多地方积雪尚未融化,阴风一吹不禁让人喷嚏连连,很难想象这里曾是罗刹女和神猴幽会、爱情绵延的地方。一路遇到好几个熟人,都说东坡的台阶比西坡陡峭多了。基于第一次从东坡下山时手脚并用的惊险经历,杯弓蛇影的我们即便如今有了台阶也没敢选择从东坡下山，而是原路返回。傍晚 6 时,我们终于回到了山脚下原先出发的位置。

人生如爬山,成功到达山顶固然重要,平稳落地也一样不能忽视。虽然一上一下之间,人还是在那个原点,但重要的是已经欣赏了高处的风景,感悟了上山的辛苦、下山的不易——知足常乐,经历了,便值了。

“山不在高，有仙则名”。山南做为藏族乃至藏文化的发祥地,因为有了神猴与罗刹女的美丽传说,才有了“第一块农田”“第一个村庄”“第一座宫殿”等后来的诸多第一。随着游步道的修通,相信贡布日神山与猴子洞,必将迎来八方游客,为古老神秘又充满现代气息的新时代山南喝彩!

于 2021 年 4 月

有你陪伴，都是最好的日子

在内地上学的儿子川快要放寒假回来了，内心真是激动无比。又一学期一晃而过，转眼已是五个月没见他，思念愈来愈浓，内心有点迫不及待。暑假见他时，15岁的他身高居然已经窜到了170公分，习惯性和我比身高时，直接高出半个头的小激动，让他笑嘻嘻咧开了嘴。时间真快啊，尤其是看到孩子的节节增高时，真有一种恍如隔世的感觉。

记忆中，他小时候胖乎乎的可爱模样历历在目，有趣的情节记忆犹新，一切还似乎都是昨天的模样。其实在没有他之前，自己并不怎么喜欢孩子，有记忆以来除了小时候在大人的安排下偶尔带带小堂弟之外，几乎没抱过别的孩子，也从来没有抱抱孩子的想法，更从来没关注过哪个孩子。但一切就是那么奇怪，等到自己有了孩子，第一次发现小孩原来那么可爱，那么惹人疼爱。抱着川的时候，本来走路大大咧咧经常不知道自己是在何处磕磕碰碰带了伤的我，生平第一次开始小心翼翼地走路，每一步都确定平平稳稳才敢踩下去，生怕一不小心摔了他。小时候的川很可爱，皮肤白白净净长相憨态可掬，带他外出总能赢得很多女性的回头率。这样的状况甚至让我内心悄悄有了一种难以名状的自豪感。

有孩子陪伴的日子时间总是一晃而过，转眼他开始说话了，各种各样的问题随之而来，几乎问遍了十万个为什么。有些问题实在不知道怎么回答，只好编一些瞎话去应付。小时候看的童话故事太过离奇，如今想来陪他成长的那些日子才是现实中的童话，回想起来实在有趣，让人忍俊不禁。

“妈妈，你是怎么把我生出来的呀？”

“妈妈有天感觉很恶心，张嘴一吐就吐出了你。”

“哦，原来我是这么来的。”

三岁的时候带他去三亚玩，因为之前给他教过不要和不认识的人说话，不要吃陌生人的东西，所以在沙滩上玩的时候，好多人搭讪他：

“小朋友，你叫什么名字啊？”

“小朋友，我们一起拍照好不好？”

对于旁人这些随意的搭讪，他完全摆出了一幅大人的模样，低头玩他的，只当什么都没看见、没听见，一幅一本正经“就是不理你”的小模样。

六岁的时候在泽当带他去爬贡布日山，那时正是秋天，夕阳下的高原一片金黄，黄澄澄的树叶高高地悬挂在湛蓝的天空下，蓝天、白云、树叶和阳光舞出了最美的画面。好不容易上了一个小山坡稍作休息，从高处居高临下展望小城之际，川吟唱出了一句诗歌般的咏叹：

“哇，这美妙的世界！”

我在惊叹之余不禁感慨万千，没想到一个孩子的世界对美居然有着如此深刻的感受，语言的运用也出奇地恰到好处。六岁，也只是上幼儿园的年龄，可能还不认识几个汉字，不知道他是从哪里学来这样的词汇，也不知道那一刻他的内心翻滚着怎样的激动和喜悦!

“妈妈,西藏的家里为什么有青海老家的味道?”

“因为西藏的家,青海的家,都是我们的家,所以味道都一样啊”。

“哦……”

小学四年级的时候,他天天喊着要我给他买只小狗。这个于我来说实在困难,我喜欢养花喜欢侍弄植物,但生来不太喜欢动物,尤其连孩子都照顾不好的人哪里还敢照顾宠物啊!只好说“等你长大,等到你会照顾好小狗的时候,一定给你买小狗”。有一天,他不知从哪里捡回来一只小猫,圈在家里几天,我说猫有传染病,不可亲密接触,不可让它乱走,他不听,抱它,喂它牛奶,甚至还要给猫洗澡,盆里打来了温水……后来估计是被猫抓伤了吧,我一趟外出回来,猫身上稍许淋湿,他自己手上一道血痕,只是不吭气。六年级的时候,他抓回来几只大蜗牛,又找来一个塑料饭盒放了几片白菜叶子,在自己卧室的书桌上养起了蜗牛,好长一段时间后说是要放生,拉我一起找了块认为合适的地方放走了蜗牛……

一次晚间到德克士吃汉堡,食物才点上,服务员就过来打扫拖地。在我的意念中这是很不礼貌的一种行为,唠叨了几句,身边的他就不高兴了:“妈,人家也只是个打工的,辛辛苦苦为了那点钱……”那一瞬间,我觉得自己反过来像个孩子,竟然不如一个十来岁的孩子懂事和包容……

在他九岁的时候几经犹豫还是迎来了他的小弟弟。休产假回到老家待产已经是怀孕八个月,外出行走没问题,提点小东西还真是累。同时也是为了培养他的责任意识,买了的菜啊,水果啊之类的让他帮忙拎一部分，“川啊，妈妈提不动，你是男子汉，能帮妈妈提吗？”这种情况，有时候他是高兴地提，有时候也是不太情愿地提，后来随着年龄的增长，他全部都是自己主动拎，养成了习惯。到十三岁小学毕业带他去旅游途中，他俨然以一个小伙子的身份，包揽了一路上所有的行李，硬是身上背一个大包，手上再拉一个皮箱，让我和他爸爸一路只是空手走，第一次深切地感受到了有一个儿子是多么得力的事。

但是作为一个母亲，我是不称职的，没有耐心，也不知道如何教育孩子。川的成长有我父母不可磨灭的功劳，他从小学一年级到三年级是在老家度过的，四到六年级又是在我身边。父亲管教孩子很严格，那种情况下他的学习也很好。四年级开始突然又到我身边，换了环境加上我的疏于教导，他变得调皮、贪玩、好动，心思根本不在学习上，甚至有些叛逆，我说东他偏西。在这种情况下也曾大发雷霆，甚至动粗体罚，但毫无用处，一学期下来，他的很多作业本都是崭新的，老师的批语视若无睹，老师让他叫家长他压根不提……正在绝望之际，快六年级时，他突然又说：“妈妈，我知道学习的重要性了，你放心吧，我会好好学的”。

我的没有耐心和粗暴可能也让他绝望过吧，有一次看到他在作文里写道：“妈妈生气时，怒火能烧了整座楼房”，“我的母亲是一个善良而不温柔，不忍劳也不忍怨，不标准的中国传统女人”。在他心目中就是这么一个不称职的妈妈，十二岁那年的母亲节，他用身上仅有的一百块压岁钱，给我买来了一支七八十块钱的口红作为母亲节的礼物——爱人都从来没买过这种小玩意，没想到儿子真成了现实中的“小情人”，还能想到送礼物给我。其实一个孩子，远比我们想象中的更爱妈妈。

上中学的他，可以看得出真的很努力，长期独自在外加上一天天长大，凡事都有自己的想法和见解，回家时也言谈减少，无处不在提醒他真的已经长大了。而正是这样的情形，让我想起他小时候的顽皮样子，想起他带来的种种开心和趣事，感觉那一切就像童话故事一样温暖美丽，却又都是真实发生过的事。尽管期间也有偶尔的不开心，但回想起来，却只有温馨，只有美好。

或许我们与孩子之间，没有什么是更好，温情陪伴的每一步、每一天都是漫长岁月中最好的日子！

于 2018 年 5 月

抱个毯子当妈妈的孩子

前两天，在青海老家的四岁小儿子明生病住院一周。

出院后母亲说他情绪烦躁总是哭闹，动辄就说心情不好，让大家别惹他！在藏的我电话得知他生病自己又回不去，本已心急如焚，再听到是这样的状况，更是愁肠欲断、魂不守舍。

再后来的一次电话中，母亲说他总算好了点，按他自己的话说是因为梦见了妈妈，而且“梦中的妈妈和他心里的妈妈一模一样……”

选择进藏工作，当年凭着年轻意气风发潇洒地离开了家园，原以为这样的选择不会有什么大问题。随着岁月变迁，慢慢地才发现有多少亲情生生被阻隔在这千里之遥上，成为永生的遗憾。且不说没能送别诸多离世的亲人，就连两个孩子的成长，也经常是隔空相望爱莫能助。

因为我和爱人都是少数民族没有二胎生育的限制，所以家中次子明于2011年“明智”地早早出生。于女人而言，生育孩子虽然艰辛，但那艰辛往往会被孩子带来的快乐和幸福感所淹没——世上唯一不需要任何理由就亲近得难舍难分的，不就是母子吗？可谓痛苦是短暂的，幸福是长久的，这是大多数为人母者的心声吧。就这样，经历了痛苦的晕吐、贫血、缺钙、难产等种种艰辛后，调皮又霸道的老二终于来到世上。

出院回家后，在原先包裹孩子的专用纯棉裹毯之外，我和母亲又把家里现有的一个质地并不怎么好的崭新小红毯拿来时不时地用作外层包、盖之需。反正婴儿吃喝拉撒的那点事，多一块布料也无妨，总有用得着的时候。可万万没想到的是，那么一块不起眼的小红毯，竟然在我离别后为儿子充当了多年的“妈妈”角色！

自己带孩子的日子过得幸福又踏实，看着他小小的脸蛋一天天地变得圆润、可爱，心里所有的空间都被填满，生命也升华飞扬似乎只有自己才是世上最幸福的那个人。虽然也有产后宫缩等诸多疼痛相伴，但那些疼痛在孩子面前只有逃避的份，如同没有。但这种幸福却是那么短暂，因为在西藏二胎只有四个月的产假，我在休完产假又设法请了两个月的病假后，不得不丢下刚四个月大的孩子含泪回藏返回单位上班(基于西藏的气候，大多数孕妇怀孕 7 个月左右就休假)，从此便聚少离多，再也未能像一个正常的女人一样陪伴孩子。

才四个月大，襁褓中的他除了咿咿呀呀地叫喊、偶尔几声咯咯笑勉强翻个身外，不会爬，不会坐，不会玩，也不会说一个简单的词汇……给他断乳是那么残忍又无奈，而把幼小的他留给父母，起身回单位，于父母于我于他都无疑是一场最严峻的考验……也只有在这样的艰难时刻，才深深思考过这样的工作、生活到底为了什么？到底值不值得？

有些选择一旦做了，恐怕永远也不能回头。临走的前一晚起，就把他交给了母亲，好让他习惯从此由外婆带他。临走的那一刻，他还在睡梦中，幼小的他不知有没有感觉到最爱他的妈妈从那天起将有很长很长一段时间不能再陪他？对孩子来说，妈妈就是他唯一的天，离开了妈妈，他幼小心灵里的天不知会不会就此塌了？

返藏后的日子被忙碌的工作消耗了不少的牵挂，虽然少不了牵肠挂肚、痛彻心扉的思念。期间，母亲说有好几次，不会说话的他在戴眼镜的女亲戚抱他时，赖在她怀里不走（我戴眼镜），想必是错认为妈妈了吧。在孩子八个月时到父母处探访的亲戚帮忙发过来了一段视频，一周岁时父母寄来了照片——等我再次休假回家见到他时，他已经是个满地乱跑，一岁多可以叫爸爸妈妈的顽皮孩子！

短暂的休假陪伴中，很快便注意到他的一个习惯：睡觉时必须抱着那个小红毯！——就那件质地并不怎么好，我当时随便拿来包他的那件小红毯！——一如他并不怎么完美的妈妈。睡觉时，没有小红毯他是死活不肯睡觉，醒来第一件事仍然是再抱一抱那小红毯，看不到小红毯必定哇哇大哭。他把那当作宝贝，不让别人碰，不让拿去洗，不管走到哪，没有小红毯坚决不睡觉！就这样，一直持续到如今四岁多，已经上幼儿园的他几乎所有婴儿时期的用品都不见了，唯独还在用，还离不开的就是那件小红毯！

孩子，那是件留有妈妈体味的小红毯吧，一出世就在你身边，时常裹着你，包着你，是不是像妈妈一样的温暖和亲切？而且，纵然妈妈狠心离开了你，小红毯却一直陪护着你，不曾离开过你，不曾抛下弱小的你，那应该也是另一个妈妈吧？在离别后的数千个日日夜夜，你是不是对着小红毯叫妈妈，抱着小红毯在梦里见到妈妈？

……

明一直是我父母帮忙在带。按常理,外公外婆对他的爱,绝不亚于我们这一年半载才见一次面的爸爸妈妈的爱。但是,爸爸妈妈毕竟还是爸爸妈妈,这份血缘亲情是不可替代的。许是这原因吧,才四岁的他,小小年纪竟也会心情不好,也会失落伤心……

而这,又是多少个在藏工作人员面临的共同现实?

正是冬季,窗外一片萧瑟秃兀,阵阵大雁悲歌声声。又一个春华秋实已过,又一个万家团圆的时刻即将来临,不知归期几何?

于 2015 年 12 月

我爱这身蓝

我爱天空的蓝，这是浩瀚宇宙俯瞰万象的深邃之蓝。我爱大海的蓝，这是苍茫大地孕育众生的博爱之蓝。

我爱这身警服的蓝，他是天空中的一点，他是大海中的一滴。因为有着天空的高远，所以闪亮。因为有着大海的深沉，所以凝重。

我爱这身警服的蓝。这身蓝，朴素而神圣，简洁而执着，普通而闪耀。这身蓝中，有包拯，有展昭，有雷锋，有任长霞……他们有一个共同的名字——人民警察。看到这个词——你可以鄙视我，但你不能鄙视一个群体。你可以嘲笑我，但我相信危难时候你能想到的肯定还是我和我背后的这个群体。你可以不理解我，但我有我的信念和执着。你也许还仰慕我，可你并不知道我的辛酸。你也许会崇拜我，可你哪里知道我背后的辛劳和汗水。你，不是这个群体的一员，你永远不会真正懂我。

我没干过刑警，不曾经历侦查员的辛苦蹲守和刀光剑影；我没干过交警，不曾经历交通指挥的瞬息万变和风吹日晒；我没干过看守所工作，不曾经历管教的琐碎无聊和苦口婆心。我从事最多时间的是一个叫“内勤”的岗位，常常在繁华和荣誉背后默默地工作，默默地坚守。

曾记得一次难忘的协助刑警取证：考虑到白天的农牧民群

众农忙时间宝贵，领导决定利用晚间深入某村挨家挨户进行取证工作,具体任务——剪指甲。当晚的天真是给足了面子——暴雨不止。就在那样的雨夜,我们分成几个小组,在村干部的带领下挨家挨户地敲门,认真耐心地解释,而后握着或干净、或满是污垢的一双双手,一个个地剪取指甲。那一张张面容中,有微笑,有羞涩,有尴尬,有胆怯,有不满……等我们结束工作,拖着满腿的泥巴回去时,夜色正浓,雨也正浓。

曾记得一次难忘的执勤:是7月,骄阳似火。恰逢需要执行高级警卫任务，我的位置又正好是在雍布拉康半山腰。进点不久,这天却突然间变脸,警卫对象刚到山底下,狂风暴雨就倾泻而下。处在半山腰的我无处可避。跑吗?我的岗位就在这里。就这样,无处可躲的我肆意让暴雨冲刷……风歇雨停时,虽然有把伞,但我的衣服却早已全部湿透……

曾记得后勤保障路上一次难忘的出现场:正值9月,发现时已过月余的女尸赤身裸体被遗弃在荒野小林里，阵阵的恶臭铺天盖地……穿着特殊工作服的几个法医和个个熟悉的蓝色身影正忙来忙去……而对于第一次近距离看见这种尸体的我，无疑是一场噩梦：回来的一路我都在翻江倒海般呕吐。而后噩梦继续:之后数周吃饭时总觉得没胃口,至少三个月没吃肉,夜晚独处时总感觉那个膨胀而恶心的尸体白花花一片向我走来……

还记得那一次次穿着制服回家路上遇到的情景：两个女人在街上争吵,我不得不上去劝劝这个,又说说那个;走累的时候,刚好看到一个店铺门口有个凳子,屁股都还没坐稳,店里的两口子就不知为什么情绪激动地吵起来,无奈只有上去劝架;老乡的孩子丢了,我满世界地寻找……如果不是穿着这身蓝,这些鸡毛蒜皮路人甲乙的事与我何干?但是,穿了这身蓝,我就没得选择,我就必须站出来——不管前面是小事还是大事。

还记得那次全局文艺汇演，当不幸被工作和病魔夺取一条腿的索朗扎西副局长在同事的搀扶下一瘸一拐地走上舞台接受鲜花时,那一刻的寂静只听到自己的呼吸声,那一刻的泪水恣意地滑落在无数张严肃的面孔上，那一刻的悲伤只想在心底深深地埋藏——我亲爱的战友,别人不懂你的努力和艰辛,别人不懂你的执着和奉献,但我们懂你！永远懂你！你曾经付出过的这片雅砻大地懂你,永远懂你!

还记得那次业务会议，从下午 3：30 一直持续到第二天凌晨 1 时;还记得在派出所遇见几个灰头土脸的同事,一问才知原来是为了一个证据,翻了一下午的垃圾;还记得那个身体倍儿棒的小伙子,在物资文化交流节卖摊位票的一夜忙碌执勤中,终于晕倒；还记得某同事在值班室面对为 50 元假币争吵不止的两人时,无奈中只好自掏腰包贴钱了事;还记得某同事妻子分娩在即,他却有任务不能脱身;还记得某某父母生病住院,他却无法离岗不能尽孝……

还记得那个一身单薄,一脸无助,从遥远的内地讨要工伤赔偿而前往我区某县找人，要求开边境通行证的老人，他如愿了吗？还记得那个基层慰问活动中遇到的被人贩子拐卖后被迫生下一个孩子,接着又遭遇拐卖而最终发疯的女人,她还年轻,不知如今又在哪里游荡?还记得那个有名的上访户,甭管遇到谁都可以滔滔不绝数小时,如今她该心安了吧?

也还记得那次破获大案,全局上下奔走相告兴奋难耐;也还记得群众自发跑到办公楼前为神勇的同事鸣起阵阵的鞭炮声;

也还记得那面面旌旗的背后一个个曲折、欣慰的故事。

守土有责男儿多潇洒，保家卫国女儿正多情。爱上这身蓝，我爱的是天地方圆和正义，我爱的是万家团圆与和谐，我爱的是有情有义有担当。爱上这身蓝，我守的是国泰民安最后那条线，守的是公平正义最后那条线，守的是仁义道德最后那条线。爱上这身蓝，这片土地的耕耘与丰收时时在心头，这片土地的欢乐与悲伤时时在心头，这片土地的历史与未来时时在心头。爱上这身蓝，尘世的荣华富贵与我无缘、人间的功名喧嚣与我无缘。爱上这身蓝，我只想做一个别人需要时挺身而出，别人不需要时悄悄隐藏在某个角落中的普通一员。

不管你有多少的不满和白眼，不管你有多少的不解和疑惑，我爱这身蓝。而你，也许会懂这种爱，也许不懂。诗人艾青说：为什么我的眼里常含泪水，因为我对这片土地爱得深沉。而如今，我也想说：不要问我的眼中为什么常含泪水，因为我对这身蓝爱得深沉！

于 2013 年 8 月

格桑花儿静静开

——致警营那些留不住的生命

在不知道到底哪个才是“格桑花”的很长时间里，我很好奇她到底长什么样。终于把她的模样和名称对上号的那天起，我才发现“格桑花”，原来不仅模样美丽可爱，而且品质和气韵都是那么独特、圣洁、无可替代。曾有心把两株格桑花移植到家里的花盆，盼着她哪天开花，却发现离开大地没有风吹日晒雨打的格桑花，不过几天就爬满了蚜虫，耷拉了脑袋最终枯萎了！——格桑花！原来她是那么离不开大地，离不开阳光和风雨！

在我们蓝色警营里，有那么一群可爱的女性，善良而美丽，温柔又坚强，用柔弱的身躯支撑着钢铁警营里属于自己的那块天，就像藏家房前屋后随处可见的格桑花一样，风雨中守护着家人，守护着高原。在这里，请原谅我不能透露她们的姓名和岗位。其实她们原本也有一个花性的名字叫“警花”，但我觉得她们更像这高原的守护花——格桑花。

格桑花是美丽的，可爱的，但今天的故事却略显得沉重，因为我们原本都是些承受生命之重的人。城市的夜晚灯火阑珊，那些享受安宁的人们啊，不知是否知道夜灯下有人此刻依然悄悄地为这城市的安宁通宵达旦熬夜苦守？甚至，付出了生命的代价？

小A已结婚多年，和爱人是幸福的一对。奇怪的是，当同龄人的孩子都上幼儿园、甚至开始上小学时，她的小腹却迟迟不见动静。这样的情景难免引来各种关心和猜测，终于有一天得知了答案。原来，她也有过孩子，可不幸的是她仅与那小生命同呼吸共命运才两个月，便正好遇上一次全警动员的大型安保工作，夜以继日近两个月的劳累中，那个孩子未来得及成形就失去了……孕育生命对于普通人来说，也许真的是一件值得小心、值得娇贵的大事，可对于像老太太一样经常穿个平底鞋四处奔波的女警来说，内勤外务、家长里短，天天都有大事，件件都是要事，责任在肩，还真的无法以此为借口推脱一些工作。结果，这个孩子来不及珍惜就这样没了。

小B是别的地区同行，她的故事是在一次培训中听到的。当时，已近8个月身孕的她，想着再坚持几天就可以安心休产假了。但就在那时，也是突然遇上了一个特殊任务脱不开身。考虑到她的特殊情况，领导也给她调了工作岗位，但就在不知不觉中，腹中的孩子却无声无息地没有了心跳，接下来便是胎死腹中……高原缺氧导致各种不适，尤其是孕妇更有诸多的并发症和危险，稍不留神就会造成遗憾。本可以安心等待产假的她，因为那身制服，选择了再坚持几天，这样的侥幸心理却没有带来好运，而是迎来了痛苦和遗憾……多年后已经当上母亲的她，在给我们讲述这件事时没有怨言，也没有责怪，只是淡淡地说："干的是这个工作，能怪谁呢。唉，你们永远也无法体会生下一个死胎到底有多痛苦。"

小C已是参加工作数年的大龄青年。某一天上班中觉得身体不适去医院检查，才得知自己已经怀孕却有保不住孩子的征兆……24 小时开门接警的工作特点，使得我们中的很多人一年365 天中有 100 多个夜晚不得不睁着眼睛熬夜值守到天亮，而对于女人，经常上夜班就是一种无言的痛，不仅加速衰老还易导致内分泌紊乱。但没办法，什么岗位都得有人干，既然已经选择了一条不平凡的路，就得时刻做好付出和牺牲的准备。这个可怜的生命，连他母亲都没来及发现他的存在，无论怎么努力最终还是选择了离开。失去孩子的小 C 很伤心，郁郁寡欢好一阵才缓过来，真不知她啥时可以再有小生命？

小 D 的流产我是过了一年多才知道。这个坚强的女人，在经历这样的身体和精神双重痛苦中，知道部门缺人手后没有请假，没有说要休息，以平平淡淡的反应和一如既往的工作，一声不吭地度过了对一般女人来说最需要别人照顾和需要充分休息的那几天，就好像从未发生过这事。像她这样“只爱工作、不爱身体”拼命的例子，在警营，还真不是一两个。

小 E 是个男警，之所以把他也写到这里，是因为他的故事也与女人和孩子有关。那是三月的一天，我接到他的电话时他很焦急，说有急事需要签字。急忙赶过去，这个年轻的 90 后男人着急地说：“能不能给我三天假？”“我老婆怀孕六个月，现在身体不适很危险，医生说需要马上送回内地，她们单位已派车从错那县把她送往林芝机场……万一搞不好就是一尸两命，能不能让我请三天假，我只把她送上飞机就回？”这样的情况，只能让他立即走人。最终他妻子怎么样因太多的琐事没能过问，但我却无数次地想起他的请求，感动于他那再简单不过的要求：搞不好一尸两命，请假三天！——什么样的责任和使命，让他在妻子生死攸关之际却只提出这“三天”的要求？什么样的宽阔胸怀，什么样的大义担当，让他即使面临夫妻生离死别却提出几乎不合情理的“三天”？

一片肝胆铸警魂，满腔热血竞风流！从穿上警服的那天起，舍小家顾大局，赴汤蹈火接受血与火的洗礼是我们每一个人的职责与使命，对这些，我们从未退缩过、畏惧过。我们中多的是优秀的党员，优秀的警员，但回头想想，又有多少称职的儿子、丈夫、父亲？有多少称职的女儿、妻子、母亲？当多少人在都市的灯红酒绿中纸醉金迷时，大山深处、荒漠戈壁、田间地头、大街小巷中那些默默值守的警员，以同样的青春谱写着别样的人生，用汗水甚至生命，守护着一方平安。这样的守护，重于泰山、重于史书！

蓝色警营是好男儿大显身手的舞台，相对来说女警却经常容易被忽略。但既然选择了从警，女警甚至付出比男人多几倍的认真和努力，去完成的是那些看起来微不足道却缺一不可的工作。长期的超负荷工作导致的精神紧张、压力、疲惫等像一把无形的刀，悄悄蚕食和伤害着女警作为一个女人本有的权利，痛的是这种痛却只能在心里，甚至都不好意思承认。小F小G等的，都是诸多警员中的普通一员，是警花一朵，也是梦想哪天能成为母亲的一员。虽然她们成为母亲的路因为种种原因异常艰难，但这并不阻碍前进的勇气。当然队伍中更多的是成功当上母亲的小幸福，一旦有谁怀孕了，生小孩了，大家伙都会欢呼雀跃地送上由衷的祝福，因为只有我们才清楚那有多么不容易。

在藏语中，“格桑”是幸福的意思。“格桑花”，藏语也叫“格桑梅朵”，是一种生长在高原的普通花朵，杆细瓣小，明明看上去弱不禁风的样子，可风愈狂，它身愈挺；雨愈打，它叶愈翠；太阳愈曝晒，它开得愈灿烂。她就是寄托了藏地期盼幸福吉祥等美好情感的格桑花。“风雨彩虹、铿锵玫瑰，再多忧伤再多痛苦自己去背！……红颜娇媚，承受雨打风吹，拔剑扬眉豪情快慰”！选择了从警，就是选择了太阳的光芒！就是选择了风刀霜剑的磨砺！就像那格桑花，风雨不止、花开不谢！

也有人说，格桑花是爱情之花，找到她就找到了爱情和幸福。金色盾牌热血铸就，在和平年代守护平安的伟大征途中，有那么一群最可爱的人——人民警察，作出了常人难以想象的奉献和牺牲，甚至那些看得见和看不见的——生命！我宁愿相信那些留不住的生命已经化成了朵朵格桑花陪伴着我们，守护着我们的爱情，也守护着我们的幸福。

大爱无声。雪域高原最美的格桑花儿，风吹日晒中静静地开放，一片又一片，一年又一年……

于 2019 年 6 月

想念女法医

曾经的搭档露，调离单位已经十多年了，期间因多种原因，我们几乎不曾联系。

可最近却突然想起她，原因说来也很惭愧：当了十几年警察，竟然还怕见死尸……

而露，却是正规法医专业出来的高材生，我不仅十几年前对她佩服得五体投地，至今想来也是只有敬佩。如今因为工作调整而必须面对一些复杂现场时，内心总有个声音告诉我：如果露还能在身边，那该多好……

谈起法医，一般人怕是要毛骨悚然……而女法医，并不只是电视中才有的角色，这不，我和女法医还那么“亲密接触”了很长一段时间。

十多年前，和露搭档了一段时间后，她随和低调的笑容，甚至让人怀疑她是否真的是法医专业毕业出来的。当然喽，不是谁都有资格当她的法医搭档——我们是一起在办公室搞文字工作的。基于K县良好的社会治安，一年下来也没多少需要法医出面的案件，再说她虽然是正规专业出来的人才，也还只是个新手……就这样，当时的领导非常大材小用地让她在办公室搞了几年的文书工作。她的生活中，不知还有没有比这更郁闷的事？

露身体有点虚。在K县3000多米高的海拔和缺氧环境下，她的脸色总是很苍白,看不出一丝血色。到达四楼的办公室,她总是要歇上一两次才能上得来。

忙里偷闲,偶尔的闲暇时间,我们不忘聊聊,当然离不了她的专业。

“你怕不怕那些尸体?”

“我一个大活人,怕死人干嘛?”

“……”

问她上学几年期间,有没有出过现场接触过真正的尸体?

“当然有啊。有一次还是在野外,夜间,切了××的××,拿上就走。”

“你真的不怕啊?”

“那些××,就和石头、土块一样,知道吗?你会怕石头、土块?”

露非常刻苦认真,在完成文字工作的闲暇时间,她总是低头看专业书籍,有时默默背诵那些条款。她也喜欢看小说,经常是一本厚厚的小说在怀,时光悄逝。

“怎么从不见你穿裙子?”

“唉,这怎么说呢”,

“我们有个女老师说过,有一次她正在穿着裙子逛街的时候,一个电话打来便来不及换衣服直奔现场,在众多同事面前尴尬应对工作……从此再也不穿裙子了。”

“所以真的怕穿裙子。”她说。

露在三五年的文书工作之后调入省厅专业部门,多年所学,终于有了用武之地。再次见到她时,身体似乎调理得很好,依然是一脸随和低调的笑容,根本看不出她已经是一个相当有份量的法医……

而露走后的日子里，我无意中被领导带到了那个终生后悔一见的恐怖命案现场，如今十几年过去了，那些镜头仍然在脑海里鬼魅般闪现，成为心理上一片挥之不去的阴影。那一段孤独无助的日子，恰好爱人又在内地培训，每天都是独自面对内心那一片慌乱和恐惧。那时，我多么希望露能在身边，如果她在身边，一定能给我开解不少的恐慌……上大学时还从法律系的同学手中借法医书来看，侦探类小说、电视剧、案例类资料也自诩看了不少，但在经历了那个现场后，几年前的培训中遇到法医课时，我却借着怀孕的名义很丢人地选择了逃避。直至最近的某个深夜，指挥中心的指令传来，需要再次面对死亡现场时，心儿扑通扑通良久之后，还是没敢跨出家门……

十八年来，竟然第一次对工作如此消极，对自己如此失望。

或者，我只是经历得还不够吧。和差不多工龄的一个女同事聊起这事，结果她也有类似的经历。多年前在交警大队工作的她，也曾经历同样骇人的事故现场，导致她至今拿了驾驶证多年，却不敢自己开车……

任何工作都有它的压力面。关键时刻，专业与非专业的区别，恰似是这一行与那一行的区别。身为女人，很多时候甘愿以弱者自居，也就此省了不少事。但身为警察，很多事情却是没有选择的。

今天之所以把这一段经历写出来，是因为我明白逃避不是办法和出路，虽然曾经的搭档露不在身边，但不是还有众多的同事吗？前行的路上从来都不是独自一人，又怕些什么呢？

于 2019 年 1 月

妞,你还好吗

圣地西藏的太阳,高强度的日照伴着高强度的紫外线,炙烤着大地万物,也炙烤着警营那些别样的姑娘们。多年已过,当年光彩照人的那些警妞啊,如今,你还好吗?

1.俏皮的文书灵灵

90后的灵,俏皮可爱,活泼亮丽。当她画着最流行的翘尾眼线前来报到的那天,发现她的眼睛真漂亮,尤其是画上这种眼线后。

美丽活泼的女孩,自然是活宝。分配岗位之际,领导说“男女搭配、干活不累,小姑娘放到派出所去,给基层活跃下气氛!”紧张忙碌的工作之余,派出所里来来往往的兄弟们,这下有的忙了——忙着和她打趣。

“灵灵啊,今晚吃啥子?我请客呗”。

“……”

“灵灵啊,我那份信息报了没?”

“哦,觉(藏语哥哥),马上啊。”

手指在键盘上飞快地敲击,打字声伴着她清脆的应答声,这已经是她今天写的第N份简报了。

“灵灵,走了,带上相机”。门外又是任务催逼。三分钟之后,笔记本、笔、相机三大样装备在身，灵在平底鞋的轻松蹦跳中和某位师兄一起，立即奔赴一个重要现场……

身材苗条、修长，活泼俏皮的灵，没想到还有一些逗人的"英雄事迹"，这不，没过一段时间就被谁抖落了出来。

"灵灵啊，灵灵，真看不出来啊，那时候你是怎么把那人打趴下了？"有人笑着，故意发难。

灵笑了，身边的人也笑了。

"哎呀，嘿嘿……"姑娘不好意思地笑着。

"其实，其实我也不知道是怎么回事……随便动了下手，没想到就被打趴下了"。

"哦……随便动的手啊。要是认真动手，那还了得……"

窗外几只鸟儿唧唧喳喳欢腾不停，室内轻松的爆笑声继续。

脑海中立即浮现起另一个警妞的模样，在G市当交警的霞。

故事是在一次路检路查中，女子中队几个姑娘遇到一路渣，好说歹说不配合工作不算，还调戏女孩们。

"我当时警服一脱，袖子一抹拳头就上去了……"

在霞淡淡的笑谈中，可以看到那个可怜的路渣是带着怎样的狼狈样在女孩们的群情激愤中屁滚尿流地吓跑的……

2.犀利的小卓玛

卓玛的美丽可爱，就像她的名字一样不俗。一到部门不仅像一道清泉般带来了明媚，还骨子里透着一份犀利，是个当警察的料。忙碌的工作中，她在办公桌上养起了绿植，周边总收拾得干干净净，还带来了喜欢的小摆件——让一帮生活粗心大意的爷们，愣是如梦初醒般睁大了眼睛。

一次随意的工作交流，队长边不好意思地挠着头，边意味深长地说道：卓玛，这小孩会批评人，和别人不一样……

初生牛犊不怕虎。既然新鲜血液来了，那就开心地接受吧，是非对错，情是情、理是理，只要你错了，我就敢批评你，咋地？小卓玛，I 服了 YOU！

一说“犀利”一词，脑海中还有一个警姐的模样横空而来。

那是一次会议中，前来开会的是歌城夜总会酒吧等的负责人，主持人已经开始讲话了，却还有人在底下交头接耳嗡嗡不停。这时，坐在主持人旁边的“犀利姐”突然一声大吼“安静！”这一声大吼，好似晴天霹雳，好似水浒英雄的“路见不平一声吼”，在场的人先是愣住了，继而被镇住了，整个会场变得鸦雀无声，一根针掉下来都能听得见。接下来的会议顺利举行，我却满脑子的“犀利姐”，真想不到看似温柔低调的她，还有这么“猛”的一面……

3.淡定的燕子

燕子是四川小美女，小巧温润的身姿，秀美玲珑的五官，肤若凝脂，眸似山泉。若是便装和她一路走过去，稍有些胆大的青年总会以火热的眼神伴着小小的呐喊：小美女、小美女……

可淡定的燕子，从来不把这些放在眼里，视若无睹，从容走过。

她是动画迷。当她随口说出看电视只看动画片的那一刹那，身边的人恐怕惊奇得眼珠子都快要掉出来了。

“动画片也有很好看的片子啊，”她说。

什么叫代沟？这就是。

“所有的动画片我几乎都看过。”

“你就一长不大的孩子啊……”

“哪里，很多动画片是给成年人拍的呢。”

看电视原来还有这么大的区别？

内勤工作事无巨细琐碎纷繁，燕子在得心应手完成这些工作的同时，也成为周边几个兄弟们逗乐品尝的一道小菜。本来男多女少的警营，严肃紧张的工作之余偶尔的放松是必须的，甚至有傻冒兄弟开玩笑说，一天的工作就是：办完正事逗燕子！

“燕子，啥时候找老公？”

“管好你自己，少操我的心。”

“燕子，今年必须找老公。”

“去你的……”

淡定的燕子，在K县工作多年举目无亲的时间里，一个男朋友都没谈，定力之强，让身边的每个人都佩服不已，有的甚至开始暗自揣测。除了和人闹腾时的开朗洒脱尽显川妹子的泼辣外，燕子是沉静的，日常生活深居简出，社交很少，外面世界的一切纷扰似乎都与她无关。

直到有一天，她办好了内调手续，调回四川的那一天，大家才恍然大悟。

4.气定神闲的指挥中心姑娘们

自2008年5.12汶川大地震后，地震已成为很多人心目中难以磨灭的惨痛记忆。后来的几年时间里，西藏也有过几次有震感的地震，K县也震感明显。

有一次，夜间地震了！迅速跑到室外空旷处后，立即拨通了局指挥中心的电话，询问相关情况。

“没事儿，没事儿。”

“这点小地震很正常，没事，我们都在岗位，一切正常。”

电话那头传来当班姑娘沉着冷静的回答，瞬间觉得这种小地震真的是弱爆了。

所居住的某机关小院里，满院都是从楼上跑下来的人们，有人在下楼中还不小心擦破了手指，流着血。震感过后的好长时间里，还有人不敢上楼，也有些说今晚要住在汽车里……

“没事，没问题。”

“没问题，我们正在巡查，一切正常。”

简单的一声女汉子，已经无法形容这群坚强的姑娘们。每当本该慌乱的时刻，听到她们这么有信心、有把握地回答，瞬间觉得天塌下来都不是什么问题。

于 2019 年 6 月

（文中人名均为化名）

抗击新冠病毒——

在一起

1

太阳很好,四周静悄悄。

每天睁开眼,都是一串惊心的数据。如果祈祷有用,我愿长跪不起。

潘多拉在得意,魔鬼在狞笑。疫情蔓延,对于普通的大多数,家成了唯一安全的港湾。疫情当前,世上最温馨的词莫过于有家可归,有家能归!

此刻,我们虽然宅着,但十四亿颗心,却与武汉和全国在一起,与病毒和战斗在一起,与魔鬼和天使在一起!

2

不见硝烟的战场上,白衣战士逆行的豪情悲壮足让山河动容——首战用我,用我必胜!不是钢铁无情,是我退无可退!

新的绿意,已在枝头悄悄萌动。但没有孩子们欢笑的大地是如此恐怖的安静,好似整个世界都已经沉睡了!隔着千山万水,我多想抚摸病房里你那饱受摧残的脸庞,再轻轻给你一个拥抱:亲爱的,请你坚强点,疼痛很快会过去的!

此刻,我们与寂寥和坚守在一起,与不幸和幸运在一起,与阵痛和希望在一起!

3

鸽笼似的房间里,每个人都面临着一场穿透时空的反思:人类在进步！病毒也没停止进化……

我无法，用善于书写美好的笔，写出人间的痛，尘世的苦。每天沉重如梦魇般的讯息，让我认识的诗歌，羞于曾经的无知和张狂，羞于表达的苍白和无力。

此刻的我们啊，与成功和挫败在一起，与骄傲和反省在一起，与美丽和难堪在一起！

4

血肉之墙巍然屹立，那是无数勇士爱的力量凝成了新的万里长城。只要太阳还每天按时升起，我相信，相信爱，会让身处各地的我们再次紧紧手拉手，在一起，成为生死与共的兄弟姐妹！在一起，燎原成病魔底下的无边火焰，让瘟神无处可逃！

此刻，我们与爱和被爱在一起，与感动和感恩在一起，与深情和温暖在一起。

5

亲人们啊！愿早日春暖花开，我们再次对酒当歌，同享美丽的春天！

愿冠状病毒只是春天来临前的一场风暴，一番虚张声势之后，如所有的风暴般悄无声息！

此刻，虽然无常、死亡在觊觎我们，但终究，我们会与爱和幸福在一起！

冬将去，春已来，寒冰会融化。我们虽然处在短暂的寒冷里，但终究，我们会和温暖、和希望在一起！

于2020年2月

庚子年，这个春天静悄悄

暖阳普照，光芒万丈。雅砻大地随处可见的柳枝儿在劲风中颤动着，摇摆着，嫩黄的新芽胆怯地冒出了头，慢慢地，试探着春的气息。

是的，春天来了。春天，是真的来了！期待已久，望眼欲穿，好似等了上千年的春天！

惊蛰已过，雪域大地气温已然达到十七度，这真是个适合桃李开花、杨柳吐蕊的季节，真是个适合种植、播种希望的季节。这乍寒乍暖的温度，也恰巧是祖国大地绝大多数地方春天的模样。

虽然，团聚的饭搁浅了，喜悦的酒耽误了，想念的人没能见，想做的事没能做。虽然，没有哪个春天，是如此的难忘难过，没有哪个春天是如此的煎熬焦灼。虽然，有多少人在这苦苦的煎熬中没等到春暖花开的一天……尽管迟到，但美丽的春天终究还是势不可挡，潮水滚滚般的来了！

第一次，发现阳光、空气和自由是等同于生命般的珍贵；第一次，发现幸福就是做最普通的事，做最简单的人；第一次，发现活着已经是幸运至极，余下的岁月尽是大赚；第一次，发现团结的力量是真的可以救命的，就像所有的树都绿了，所有的草都醒了，春天也就来了！

从来没有像这个春天一样，关心过一串数据的惊心变化；从来没有像这个春天一样，在一墙之隔的距离与死神对垒博弈；也从来没有像这个春天一样，走在灿烂的阳光下，有种想笑又想哭的复杂心情！死而复生，历劫归来，无非也就这般感慨无限吧。

风渐柔，天渐暖，桃花已开。来吧，亲爱的，在春风下慢慢打开卷缩已久的身体，取下口罩，大口呼吸这春的芬芳，与远在远方的亲人同步，聆听美妙的春之旋律，踏青祖国大地坚实的绿色。天下的春色千万种，唯有神州大地的绿，最让人踏实，最让人安心，也最让人陶醉！

静悄悄中，这个春天就这样来了。静静，是让我们以这样的方式铭记那些逝去的生命，警觉自然的残酷。悄悄，是告诉我们万物有灵，天道有序，要心存敬畏。静静，悄悄，这是别样的无声和呐喊，每一个侥幸活着的人们，都懂得这背后的曲折和故事。悄悄，静静，这是时空敲响的最强音，每一口呼吸都在叩问我们的智慧和良知。2020 庚子年春天——新冠肺炎的大灾大难之后，愿我们都能珍惜来之不易的幸福，爱值得爱的人，做值得做的事。

春风再度，人已沧桑。愿从此山河无恙，一切都是想象中的美好模样。

于 2020 年 3 月

感谢太阳

2020——这个难忘的庚子年，在历经新冠肺炎疫情的各种非凡磨难后，终于走下了历史的舞台。岁末年初，正当严寒袭击祖国南北，到处都是一片冰冷刺骨时，圣地西藏的太阳，却把十几度的温暖洒向了高原。这个冬天实在是暖和，2021 年初《西藏日报》发文《13° 的西藏想给你温暖的抱抱》之后没几天，正值三九的日子，拉萨和山南的白天气温再次达到了 18° 的高温，真是天天日光倾城、艳阳高照！

这样的暖冬，连墙角的桃花都早早地打苞，准备提前盛开呢！在室内阳光下或坐或躺，不一会便是阵阵火热的刺痛——这刚劲的力道，就是冰块也会瞬间融化的吧。

沐浴着大太阳的温暖，望着眼前一片明晃晃的夺目光芒，一个在脑海里久久不能忘却的画面再次迎面而来……

那是二十年前的一个冬天，闺蜜雪姐初到西藏打拼，在山南市老城区租了一间房屋居住。在一个也是那么阳光灿烂无风无雪的冬日，她看见隔壁院里一个五十多岁的阿佳，把七八十岁的一个老阿妈领到室外的太阳下，给她洗了头，又把她长长的白发编成了无数条小辫子。朋友想那位老人可能是她母亲吧。没想到接下来，阿佳又领出了一位同样高龄的女性老人，继续在太阳下洗了头，继续把那花白的头发编成了无数条小辫子……

这年纪差不多的两位老人，我们都想最有可能一位是妈妈，一位是婆婆吧？那天的太阳那么温暖，她看着太阳下那个阿佳的举动和两位幸福的老人，更是震撼无比！那个画面——甚至说是给了她足以温暖一生的感动和力量！

后来，雪姐的生意做得风生水起，在我眼里可以说是一位不错的成功人士。她的人缘出奇地好，可能源于此吧，她的生意很多都是别人主动找她，主动给她活。每次只要有困难，都是想都想不到的人会给她鼎力相助。都说先做人、再做事，职场如此，商场亦如此。

圣地西藏的太阳，这么光芒四射，这么明媚灿烂，太阳底下一定还有许多不为人知的美丽故事在悄悄上演……

2020 年初的新冠疫情期间照例需要返藏后隔离十四天，我们一家人居住的宾馆房间刚好在阴面，眼看着明亮的太阳把远处照射得一片白花花，就是照不进房间里，心里别提有多难过了。之前在青海老家休假时就已经禁足了一个多月，进藏的前一天晚上那边小区才解封——我们相当于连续禁足了两个月。从来没有哪个春天是那么漫长和难熬……为了更好的防控疫情，隔离期间宾馆的空调又不让开，朋友送过来的一个电热毯成了最紧要的取暖工具，一家三口大白天的都经常捂在床上，才熬过了那段没有太阳，阴暗冰冷的日子……

有些事物，拥有的时候不觉得有多幸福。可一旦失去，却发现那真的是不能承受之重，譬如这光明无私头顶的大太阳……

“虽然抬头有太阳、月亮、星星 / 和美丽的云朵、鸟儿 /

但我只感谢太阳 / 把温暖和光明无私地给了我。”

有一天，我在随感中写下这样一段文字。

是啊！多么温暖、多么光明无私的太阳啊！无论贫富贵贱、老弱病残、鳏寡孤独，都能享受到他的温暖！他的光明！

如太阳般温暖和光明的，还有一些人，在看似不经意的举手投足间，驱散了阴霾和寒冷，把温暖和光明带给了他人。他们是那些卧冰尝雪值守边防的人民子弟兵，是举重若轻守护平安的人民警察，是赴汤蹈火救危救难的消防员，是白衣执甲迎难逆行的医护人员，是每一个心怀温暖和光芒的普通人……

“人民有信仰，国家有力量，民族就有希望。”头顶的太阳带给我们现实的光明和温暖，心中的太阳则带给我们前进的方向和力量。“人必生活着，爱才有所附丽”，对生活抱有希望和期盼，心中燃烧一团太阳般的火焰，我们在这短暂的人世才可以彼此温暖、耕耘美好。

“太阳是未经邀请的客人 / 若不以温暖光芒去照射 / 运行四洲有何用？

甘霖是未经邀请的客人 / 若不能滋润辽阔的田野 / 黑云四起有何用？”

突然想起《格萨尔王宝传》里的这句诗。换个角度，就算太阳、甘霖、风霜雨雪也或者都有它不可推卸的职责吧，何况我们群居的人类呢？

当前，新冠肺炎疫情还没有结束，正需要我们每一个人都认真对待和负责。

愿每个人心中都有一轮火红的太阳，照亮自己，也能温暖他人。

愿春暖花开的时候，太阳下的我们不再有病毒，不再有阴霾。

于 2021 年 1 月

嫁给西藏

女孩总是要嫁人的。但就我来说，生命中盛大的出嫁却是嫁给了西藏，从此成就一世的情缘和梦想。我相信，我的前世一定是与西藏有着不解之缘，所以今生注定要回归西藏。

没有仪式的告别

我出生在青海省民和县一个土族家庭，2000 年毕业于青海民院（现改为青海民族大学）。毕业时，刚好赶上即将取消大学生工作包分配的政策，上一届、甚至上两届毕业的校友大都还在家待业。清楚地记得大学最后一学期的我因为工作没有着落而天天失眠到深夜，也只有我，明白必须马上有一份工作对我本人、对我的家庭意味着什么。一个农村家庭，同时承担两个大学生、一个高中生的学费，沉重的负担几乎压垮了父母的身心。尤其是在临毕业的 2000 年，家中的经济收入完全是历年来最糟糕的一年。

民和县是青海省的东大门，气候温和，物产丰盛，尤其是土族集聚的官亭、中川一带素有“青海小江南”的美称。凭借地理优势，之前，夏天的一亩西瓜可以卖几百上千元，秋天仅四五棵苹果树就能摘下千余斤的苹果，轻松收入上千元。家中还有数棵梨树、花椒树、成片的林地，再加上父母的勤劳，各类蔬菜，猪啊羊啊的运到不到2公里的官亭镇集市都会变成或多或少的现金。但就在糟糕的2000年,一切都非常不顺。供养了我们姐弟好几年的几棵苹果树不知什么原因棵棵枯死,颗果无归;家里种下的西瓜秧,被四月的一场大雪冻死;情急之下第一次出远门采挖虫草的父亲不仅亏本还一路吐血差点丢了性命;回家后的父亲被迫再次出门打工,却正是1998年金融危机余波未息的时候,一天赚不到10块钱;上高中的小弟无奈中也利用周末等出去打工,偏又遇老板逃跑一分工钱都没拿到!当6月份西藏公安厅来校招聘时,也只有像我这样等不起的几个穷苦孩子,毅然决然签订了进藏工作协议。而就在那学期,校方的举动更是让我雪上加霜、且百思不得其解——在我们25人与西藏公安厅签订进藏协议后,竟然收取了每人高达4000元的所谓"跨省费"(培养费)!于2000年的工资水平而言,西宁好一点的单位职工工资也就800元/月左右,打工者一般也就300元/月而已——4000元相当于一个干部职工大半年的工资收入!与此同时,更莫名其妙的是农家养头猪、养只羊竟然也开始有人来收税!罢罢罢,如此故乡,不留也罢!!

为了那4000元天文数字般的收费,我专程回家筹钱却又空手返校。父亲拉出家里的最后一只羊准备卖掉说好歹给我凑一点,被我不忍地拦下,"还是留个根吧",但我离开后不久,那只羊还是被迫卖掉。最无助最无奈的时候,是几个朋友帮我凑了那4000元以及进藏的盘缠,不仅接济了我延续生命的粮食,更是给了我温暖一生的友爱和力量!

西藏,那时还是个陌生而遥远的概念。离家时,众亲来送别,一盒鸡蛋、10块小钱、几个烤饼,农家能拿出的也就这些。情虽暖，心已硬，背负着全家的希望，我迈开了进藏的脚步。我以为我不会哭，但上车前看见母亲背转身抹泪，父亲哽咽着说不出话，准备好的一句“再见”便哽在喉咙，泪水再也不受控制。土族女儿出嫁时，都要以悠长的哭嫁歌告别亲人，我的哭泣没有嫁歌，但今生最多的眼泪就留在了那次的离别上，甚至以后的离别放下襁褓中的婴儿我都没有眼泪。虽然没有出嫁的仪式，但我把这当作自己的真正出嫁，嫁给西藏。

风尘高歌进藏路

我们那次特招进藏的有青海民院 14 人，青海师范大学 11 人。进藏的机票对于一群刚毕业的穷学子来说实在是奢侈和昂贵，临行，不知是谁联系好了师大的同学，我们一起 25 人（其中 6 名女生）共同包了一辆进藏的卧铺大巴车，从西宁出发，浩浩荡荡向拉萨前进。

也有同学的家人到车站送行的，免不了要抹眼泪。虽然说青藏高原是一个整体，但对于不了解的人，西藏真的还是有点遥远，哪怕只是从西宁出发。况且对于我们中的大多数，那都是第一次出远门。但离别的悲伤很快被一路的高歌淹没，毕竟都是风华正茂的年轻人，前方虽然有未知的陌生世界在等待，但毕竟也有一份体面的工作在等待，怕什么呢。不知是谁的主意谁起的头，车厢中不久便传来了一阵又一阵的大合唱，每一个人都喊破了嗓门大声地唱。那样的歌声，既是对不舍家园和亲人的悲壮告别，也是对即将开始未知前景的一个任性想象。唱着唱着唱累了，一个个才进入梦乡，醒来，又继续开始唱。

到达唐古拉山脚下时，天快擦黑。路边一个小面馆前师傅停车让大家好好吃饭，说接下来的很大一段路都没有可以吃饭的店。我们都按师傅所说去吃面，端上来吃时却发现面没熟，听大家议论才得知原来那里海拔高，面一般是煮不熟的。接下来的路上，与我并座的藏族校友李东措毛（林周县公安局民警）每到一个山口就将出行所带的“风马旗”从窗口撒去，而我也伴着夜色睡去。深夜不知几时，我被李东措毛的不适吵醒，发现前阵还精神抖擞的她不知啥时起已经呕吐不止，并伴着头疼，我们知道，那是高原反应开始了。她因为撒“风马旗”一直在活动，结果是最先有了反应。也不知听谁说是吃生大蒜可以抗反应，她竟然生生咬了一口所带的大蒜，但还是无济于事，在吐完所有的胃容物，继续吐出绿色的粘液时她似乎已昏迷过去。焦急的我对于李东措毛的照顾起先是喂点水，后面就只有时不时地喊她几句，以确认她还能出声外也是不知所措。也许是大巴车颠簸的缘故，也许是初次进藏的缘故，那次的反应异常剧烈。接下来几乎是在同一个时间段，车上的每一个人都有了不同的反应，有的呕吐有的头痛，都自顾不暇。我也开始了那次最难忘的高原反应，吐完了胃里最后一口粘液，头痛欲裂，无奈中也拿起了李东措毛所带的大蒜狠狠地咬了一口，除了辣到心扉别无他用。难受在继续，那夜的路特别漫长，那夜的时间特别缓慢，剧烈的高原反应几乎让大家都失去了意识，恍恍惚惚中竟不知那车是要把自己带到拉萨还是带向死亡？

当我再次睁开眼睛时，发现已是大上午，头痛不知何时已退去不少。车已停，有人在检查，听师傅说已经到那曲地界了。下午的时候，突然有人在惊奇地喊“快看快看”，抬眼望去，刚被雨水冲刷过一片绿油油的小山岗和几只牦牛展现在眼前，如今想来，那是映入眼帘的第一幅西藏风景，清爽、唯美、过目不忘。

大巴车终于在两天三夜后的深夜停泊在了汽车站，终于到拉萨了！大家一阵欢呼雀跃！师傅让大家下车，可这大半夜的都到哪里去呢？车上有一大帮男生，这不是问题。很快，大伙带着行李就近进入了车站旅社的一间大通房，里面有七八张床，便三三两两胡乱挤一挤就睡到了天亮。不久，便由自治区公安厅安排的专车将我们接到了龙王潭宾馆住宿，一颗心总算像见到亲人般安定下来。

忐忑的初境

在拉萨度过几天新鲜悠闲的日子，等我们与另一拨从别的院校招进来的人员汇合后，被统一分配到了各地区各县的公安机关，从此一别很多人至今都没有再见面，有些甚至就此成了永别！同行的 25 人中有 6 人被分配到山南，幸运的是仅我和另一人被留在乃东县留在泽当。分配到浪卡子县的一个同学每次到泽当时我们都会发现他嘴唇发紫脸色很差，说是那边海拔很高条件很差，他说晚上睡觉时他总在担心那破旧的房子会不会塌下来？

我在乃东县报到后，组织上将当时县招待所的一间简陋的宿舍分给了我，里面有两张床、一张桌子和一把椅子。随着后来报到的人陆续赶到，有一个女孩搬进来与我同住。日子如果继续这样，那也不失为一种完美。

但是到单位报到上班没几天，我就被安排到区警校参加为期三个月的岗前培训，紧接着又被抽到公安机关“三项四观”教育活动督导组，前往拉萨某县开展督导工作。在督导组一起工作的另两位同事因离家近而经常回家，剩下孤零零的我一个人留在别人的单位。这样的几处流转，人与人之间刚认识就又分开，心儿空荡荡不知何处找归宿？也许对女人来说，安定的生活才是天生的第一需要，不安定的生活总给人不安全的感觉，何况这又是在人生地不熟语言不通的陌生地方。突然离开了所有的亲人和朋友，身边又经常变换着陌生的面孔，空前的寂寞和恐慌围绕着我。就在那时，本想给远方的朋友报个平安的我，却在发出的贺卡上写上了"地广、人稀、月冷、星寒"八个字。多年后见面时朋友说看到那几个字后，对我是特别的担心和揪心，不知我到底是处在什么样的一个环境中？

这样的忐忑心境就在年底返回单位后才算是结束。单位不是家，但毕竟是自己的单位，对于那时单身又孤独无依的我，那就是回到了自己的家。

温情藏地的感动

接下来的岁月虽然风风雨雨，也算一帆风顺。当时的乃东县公安局没多少人，随着时光的流逝我伴随单位竟也一晃十五年。期间遇见了最睿智、最优秀的领导，最真实、最感人的情感，最善良、最淳朴的人民，也经历了异常艰辛劳累的工作。听不懂藏语，说不了藏话，但胸膛中仍然充满了对温情藏地的各种感恩。刚报到时我被分到颇章乡，到达乡里后送下去的组织部干部回去了，乡里却说暂时不用来上班可以返回泽当。我以为会有公交班车，就在路边傻傻地等着，却怎么也看不到公交车的影子，原来那时乡里还没有公交车。就在那样的傻等中，一个热情的本地人帮我挡了一辆私家车送回了泽当。在下乡路上，当我第一次看到同事把挥手搭车的乡民让到车上时，发自肺腑地感叹原来“官”与“民”也可以是这种关系！在拉萨的龙王潭公园池塘看到众多鱼儿自由欢畅时,心想也就是因为在这里,若换个地方那些鱼儿恐怕早都进入人的肚腹中了吧?过藏历年时,轮到值班的每一个藏族同志都会把家里过年的卡塞、干肉、糖果等带到值班室请大家品尝，那份淳朴和实在自然流露没有丝毫的做作……越来越喜欢这里的蓝天白云,越来越习惯空气中弥漫桑烟和藏香的味道,越来越爱听大街小巷中飘出的藏歌旋律，最终我也成了爱喝酥油茶,爱吃风干肉的一员。曾经的苦难不知不觉中越来越远,心灵在这里越来越平静,越来越满足。爱还在,恨已远去。青春渐消,却激情不灭,古老的藏地,让我就这样陪你到天荒地老!

一个人离家悲壮地来，第一次休假回去时我竟然带着生命中的另一半回去。最合适的时候出现并为我停留的那个人,成了我此生执手偕老的爱人,可惜我们在藏地举办的婚礼因为太远,几乎没有亲人参加。但这并没什么,这边的亲朋好友来了两三百人,“落地为兄弟、何必骨肉亲”,出门在外,不就靠个朋友吗?遗憾的是，我那饱受艰辛的父母却没有看到他们女儿最美丽的那天。因为我和他都在一个地方,我没有经历传统的出嫁及适应婆家环境的阵痛，我的各种阵痛都是在那第一次的进藏离别中完成,所以我更愿意相信自己是嫁给了西藏而不是嫁给了一个男人。

调侃的现实

现实有时候会开惊人的玩笑。曾经在我们那届毕业前,前两届甚至前三届的校友很多因为还没有分配工作而待业，但奇怪的是就在我们进藏后不到半年的时间，我们那一届的同学却几乎都分配了工作，而且大部分都是行政机关。与我同年毕业的大弟，在我离开的两月后分配到一个学校开始了教学生涯，高中毕业的二弟也在当年10月入伍参军，迈开了人生中最重要的那一步。一切和最初想象的不一样，一切似乎都在捉弄人，最糟糕的境遇原来孕育着最美好的开始——还好进藏无悔，否则不是肠子都要悔青了？到2003年，农民也竟然免去了延续几千年的基本税收——公粮！民和三川土乡大地随即又生机勃勃一片新气象。

一切皆是命运，冥冥中原来都有定数！还好，我们当年进藏的25人，22人都在藏地安好无恙！风雨从警路上，有人早已走上正县级岗位，一般的也都是多年的正科级，用简单的话说那就是“都混的还算不错！”

至于少了的3人，一个是刚进藏没几天就逃跑了，回家了。一个是嫁了援藏干部，调回了南方的大城市。而另一个，却是因不适应高原气候环境，几年前就永远地离开了这个美丽的世界……

人生有情多坎坷，相忘江湖各珍重！鸟儿长大了，总会飞翔，孩子长大了，总会离家，朋友聚了，总会散。在一个地方时间长了，便也成了故乡和家园。嫁给西藏，此生无悔。拥抱西藏，此情无憾！因为这里，不仅有美丽的风景和人们，更有物质无法给予的那份精神上的安息……

于2014年12月

柔软的父亲

对于父亲,用“柔软”这个词来概括,恐怕也只有我们做儿女的才懂。

其实在很长一段时间里, 父亲和大多数父亲一样威严、刻板,有他自己的一套为人处世之道,我们只有小心地察言观色,才不至于触怒他。

做为爷爷的长子,父亲不仅严厉,而且很小心、谨慎,尤其是在保护家人安全方面,甚至觉得父亲就是一个全副武装的勇士,随时都在警觉着任何一丝一毫的危险。记得小时候,父亲让我们姐弟练“石头功”——找个空旷处订个木桩,让我们在 50 米开外拿石头瞄准木桩砸过去;庄廓的屋顶角落处,父亲总是放着那么一堆石头;他的睡炕铺盖下面,总是放着一把刀或棍……

老家近邻黄河,地处甘、青交界,隔着一条黄河就是两个省份,交通四通八达。周边以土族为主,杂居着回、藏、汉等七八个民族,各民族大都和睦相处,少有纷争。我们很不理解父亲这么过度的警戒,总是明里暗里的笑话他杞人忧天,于是他给我们讲了个故事:

解放前的一个冬天夜晚,一帮土匪提着大刀前来家里打劫。提前得知消息的父亲的老太爷立即紧闭大门, 大裆裤里装满拳头大的石头上屋顶,黑夜里趁着月光拿石头一瞄一个准,不过一会就在大门处放倒了几个土匪，土匪群就此悻悻抬着同伴的尸首颓败归去……怪不得他让我们练“石头功”！在父亲这种处处防范的心态下，家里种西瓜、公路边卖西瓜的那几年，他甚至特意买回来一把长约50公分的长刀来给客人切西瓜。那时刀具管理不严，我们明白他的用意，又笑他，又不得不佩服他的胆量。

后来慢慢长大，总算明白了父亲的良苦用心。害人之心不可有，防人之心不可无，父亲用他的方式，点点滴滴中给我们的世界注入了“人不犯我我不犯人，人若犯我我必犯人”的观念，也注入了什么叫“勇敢”、“谨慎”。潜移默化之下，我们姐弟的性格中多少注入了可贵的勇气、胆略，或者说是强悍的一面。也许受这种影响，多年后的我在县城医院即将临产，面对几个女人要无赖不挪让医生指定的床位时，不用考虑就冲到了跟前，三五句交涉让她们乖乖让了位……

父亲大字不识几个，但也并非只是“武夫”作风，其实他比谁都重视文化，重视教育。为了不耽误我们的学业，从家里有了第一个中学生开始他就几乎没出门搞过副业。只靠几亩薄田的收入供我们上学，生活虽然很清贫，但因为父亲在，我们不像其他很多孩子一样放学回家就投入农活。父母以他们力所能及的能力，为我们安心学业创造了最好的环境。

男儿有泪不轻弹，像父亲这样强悍的人流泪，真觉得不可思议。但父亲真的流过泪，甚至我见过好多次他流泪的情形，这种泪总是引起深深的揪心，深深的不安。

印象最深的是他在我进藏时流泪。十多年前的那个清晨，我拿着简单的行囊在亲人的簇拥下跨出家门。那时候并不知道西藏到底有多远，因为家里迫切需要有人去工作来缓解因为上学而债台高筑的生计，我早已义无反顾。我像往常一样一一告别，轮到父亲时却发现他早已泪流满面地背过身去……心，在那一刻突然就紧缩成一团！

他在弟弟当兵服役期间经常流泪。有时候，一家人本来好好的拉家常，说着说着就说到弟弟，他的眼泪一不小心就毫无征兆的来了。弟弟是在海军服役，于是他在弟弟服役的几年里时刻关注军事频道的新闻，他所在海域的任何军事活动，父亲没有不知道的。每到逢年过节，每当高兴的时刻他就会因为弟弟不在身边而流泪……

我在藏工作的十几年里，父亲只来过一次。可能是体质原因吧，父亲的高原反应很剧烈，刚来的一周基本天天失眠，看起来简单的两三层楼的层高，父亲上去就很不舒服，在布达拉宫和大昭寺，我挽着他的胳膊甚至都能感觉到他的眩晕。父亲也没转几个景点，按他的话说，看看我工作、生活的地方就心满意足了。父亲在我身边住了三个月，临走的时候他那不听话的眼泪又来了，“这辈子再也不会来这地方了”，他说。

父亲的柔软还体现在对待孙儿们的态度上。在没有自己的孩子之前，我们想象中的父亲是不会带孩子的。而当家里第一个下一代诞生时，大家都惊奇地发现平时那么严厉不善言谈的父亲，居然也能非常小心地照顾好襁褓中婴儿的生活！不知是对子女的爱改变了父亲，还是父亲骨子里就有着这么柔软不为人知的一面，我们真的看到了不一样的父亲，不一样的父爱。

年过花甲的父亲，在家里偶尔还会大发雷霆，他的威严从来不曾失去。更多的时候，他是慈爱的、柔和的，就像那钻天的白杨树，在舒展枝叶抵挡风雨的同时，也会洒下一片温馨的绿荫。

父亲，最怕他的孩子走得太远。而唯一的女儿远走天涯到西藏，真不知他在后面偷偷流下了多少眼泪？开弓没有回头箭，有些选择一旦做出就没法回头，唯愿在家的父母能平安健康、福寿恒昌！

于2016年11月

收获，在骑行路上

五月的西藏山南，山头的雪依然那么任性，伴着一场风雨说来就来。雨后的城市空气清新，满眼通透。我忍不住脱下厚重的毛衣，可雪山顶上的一道劲风吹来，却让多年的偏头痛立刻发作。痛到第三天，无奈之际骑上自行车从市区出发往昌珠镇方向狂骑十公里！

正午 12 点的路上，伴随着车轮的不停旋转，周围的景物缓缓后退，每一秒，每一步都是别样的景致和感受。山南市城区并不大，十分钟不到就出城了，就在半城半乡通往昌珠镇的公路上，路边零散的红柳在蓝天下摇摆着紫粉色的小花，狼牙刺、蒲公英，苜蓿等探着小脑袋悄然开放，一路的雪松、侧柏更是满枝新翠，布谷鸟、画眉的歌声在耳边鸣奏，一个冬季没看到的蝴蝶，也在翩翩起舞……再远一点，唧唧喳喳的鸟雀声充斥耳膜，两边的麦地正迎风向上，青稞、小麦在太阳下拔节蹭高，紫花地丁、马兰花一簇一簇盛开在田埂。我对植物和大自然的喜悦与好感，从来是难以掩饰。不像记忆中的农田，这里的人们许是习惯了藏地的豁达和悠闲，很少有人在田里锄草，尤其奇怪的是一块小麦地里常可以看到数量不少的青稞夹杂其间。在青海老家被当作杂草除去的燕麦，也有很大一部分与麦子一起生长，甚至有些麦地里小麦、青稞、燕麦、豌豆、油菜花竟三三两两一起生长。见惯了老家精耕细作两三遍不停地锄去农田杂草，不同作物有序套种的我，对此总是不由得暗自发笑，笑他们的散漫，总觉得他们种地实在是太不认真了。

这样的公路骑行，让我想起小时候的故事。那时，官亭土族中学作为青海民和县三川地区唯一的一所初高中兼备的中学，官亭、中川、甘沟、峡口、杏儿、前河等几个乡镇土、藏、回、汉族的学生几乎都在那里上学，且路途需要翻山越岭或太远的少量学生住校外，大多数都是走读。其中，像我一样只走几公里路途的，真是太幸运了。更多同学都是在每天清晨骑一辆自行车，跨越两三个乡镇的乡村土路、砂石路长途跋涉到达校园，夏雨冬雪，那年复一年可贵的坚持和风风雨雨中的艰辛，他们恐怕此生难忘。三川土族对教育有着近乎疯狂的追求，同样的村庄，别人或许会辍学，但土族家庭的孩子几乎人人都上学，家境再困难，只要有口馍吃，就不会放弃孩子的教育。很多家庭，为了供养一个学生，更是聚全家全族之力。三川土族的这种求知重学，与一位藏传佛教的先贤有着莫大的关系，曾是九世班禅大师驻南京办事处处长、南京国民政府藏事处处长的三川籍僧人朱福南（字海山），俗称“朱喇嘛”，在二十世纪三十年代就在官亭投资创建学校，开启了土族的现代教育时代，这为官亭土族中学的早日成立奠定了基础。求学之路从来都不容易，就在对知识的崇拜、敬仰、追求和可贵的坚持中，官亭土族中学培养的知识分子一批又一批，走出了家乡，走向了世界各地。如今想来，伟大的母校真是承载了太多人的喜怒哀乐，改变了太多人的人生和命运。对于广大土乡儿女来说，他们大多数人的未来，是读书读出来的，也是用脚走出来的，用自行车骑出来的。

骑行路上没有疲惫，只有欢愉。三川地区人称“青海小江南”，是有名的瓜果之乡。那时物质贫乏，很多家庭拥有的现代产品除了一辆自行车，恐怕就是少量的缝纫机了。但家家户户房前屋后的杏树、各个品种的苹果、梨，核桃、枣等随着季节次第成熟，口福不小。从小吃惯了瓜果，初来西藏山南工作的我看到街上有水果卖，忐忑的心一下就踏实了。家里开始种西瓜的那几年，小小的我还在不太会骑自行车，只会从车梁下伸一只脚出去半踩踏板半小跑的年纪，父亲就每年让我捎着五六个大西瓜去送给邻村的姑姑。去姑姑家的路基本都是上坡路，她门前还有很大很陡的一段上坡，我们都心疼姑姑每天挑水，拉农用架子车都得走那个大坡该有多辛苦。可奇怪小小的自己捎着几个大西瓜去时，却从来就没觉得累。

再稍大点，父母总是让我骑着自行车捎着十几斤面粉，去几公里外的官亭镇压面条。那时候村里还没有压面机，镇上的压面房也没开始卖面条，要吃凉面、臊子面等时，大家都习惯带上自家面粉去镇上的压面房掏些加工费压回来，省了很多麻烦。每当逢年过节、或夏收农忙季节，母亲总让我去办这差事，而我也因为要骑家里那辆父亲日常不让轻易动用的自行车而乐的不得了，总是欢快地答应，轻松地出发。

从我家骑车到官亭镇，必须要过港沟。港沟，原来是附近山上的排洪沟，通了油路后路底下也修了桥，其实是一段东西走向的坡路，只不过有着沟的历史。靠东的坡很陡，骑自行车上去要费很大的劲，更多的人在这一侧选择下车推着车步行，而下坡时，必须得握紧车闸，否则以俯冲的姿势下来很危险。而另一侧的坡，却缓和得多。一次去镇上压面途中，我从陡坡下去，车闸使劲在捏，但车速依然很快。快到后半截的缓坡时，对面也来了一位和我一样的压面姑娘，眼看着快要撞上了，我们都想避开对方，但车把左右摇晃中，谁也把握不准对方到底要躲往哪个方向，最终还是可悲地撞上了。两辆自行车的前轱辘猛烈地摩擦，人习惯性尽量保护自己，但随后发现自己膝盖上蹭掉了一块皮，鲜血渗出……我们都在一瞬间从地上爬起来，谁也没有责怪谁，似乎那猛烈的撞击根本没发生一样。还好面粉包扎结实，没有撒出去。

八九十年代的自行车，好比是如今的小轿车，承载不了太多太远的幸福，但一场小小的欢愉和旅行，则绰绰有余。那时的自行车，多是国产四大品牌的永久、飞鸽、凤凰等，样式笨重，好在质量过硬。中学时期学校没安排过郊游，但一颗年轻无畏的心，岂是教室能束缚住的。第一次的春游，一群同学骑着自行车自不量力从学校赶往位于峡口乡的禹王峡，那时候禹王峡也不叫禹王峡，而是叫峡道，还没有做任何的旅游开发，没有任何安全措施。骑着自行车穿越三个乡镇的崎岖土路，也穿越三个乡镇的桃李芬芳、青青麦浪、绿树成荫和一户户庄廓、一个个村庄，这过程本身就比课本精彩许多。下午出发，到达禹王峡时几乎已经傍晚，脚力厉害的几个同学据说看见了修行洞，而更多的同学在山石陡峭的峡道黄河边的一块巨石上合影后，也算是到此一游，看看日头落西不得不立刻往回赶。就这样，还是在黑夜中伴着月光摸索着走了好久才回到家。年少轻狂有多狂，就是那么远的路，不喝水没有零食也没有像样的主食，穿着母亲做的粗布鞋，一路三言两语就是骑行几十公里！那时根本就没考虑安全问题，如今想到那险峻的山峰和深深的黄河，不由得心里发怵！还好那次大家最终都平安返回,算是万幸。

第二场春游,同学们骑上自行车穿过杏花、梨花、苹果花到处盛开的喇家村,径直到了没多远的黄河岸边。一路上,基本都是有车的骑车,个别没车的由男生捎带女生。那次最后在黄河边玩得如何已经没了印象, 而后不久我却意外地知道好朋友恋爱了,起因就是那次春游中他和她一路一辆自行车。

第三次、第四次春游,除了家门前的黄河岸,还有附近循化县的孟达天池。拥有一辆自行车,甚至可以到达任何想要到达的地方,就像如今青藏线上的骑行客。但是基于高中紧张的学习节奏,这两次春游我遗憾似乎都错过。自行车带来的乐趣,可不止这点,哪个同学病了,家里有事了,跨上自行车,立刻就能到达,距离,无形中缩短。上学放学路上,同学们骑着自行车你追我赶、嘻嘻哈哈一阵总是很快到家,因为太近而走读的我,甚至还羡慕过远点的同学每天都能骑自行车。因为距离学校不远,父亲基本不让我骑车。也总是能看到新婚的年轻男子,在车后捎上娇美的长辫子新娘骑车而过,惹来别人一片羡慕的眼神。

而在藏区,看到很多学生在没有公交车、没有小汽车的情况下顶着烈日行走,或在路边挥手艰难搭车时,我总在想他们为什么不骑自行车?难道是买不起吗?不至于啊,比起八九十年代,如今这条件物质可富裕多了,一辆自行车便宜点的不过两三百。难道是习惯问题? 或是处于安全考虑?

参加工作之初,我骑了几年的轻便式自行车,家和单位距离不远,但有自行车总比徒步方便得多。二十一世纪的今天,很多旧物品都被淘汰,有些产品更新换代之快,总是跟不上节奏。但是自行车作为一种低碳、环保、便捷、又满足部分健身、休闲需要的交通工具,应该是不会轻易被淘汰的。马匹消失了,但在我看来各种替代品中,唯有飞起右腿骑上自行车的感觉最像骑马。家门前或许没有可以驰骋的广阔草原,但骑上自行车,就会有一片需要征服的土地在那里等待。繁华的都市中,也是总有一部分人选择骑上单车,不为别的,就为喜欢。

或许,生命只是一场隆重的路过,风景,不在于工具的选择,而在于心的领悟。生命中的骑行,收获或点点滴滴,或峰回路转,或翻天覆地,都是此生必不可少的风景。

就在这样一阵骑行的大汗淋漓后，惊奇地发现偏头痛居然已经好了。看来,骑行的收获果然是不会少的了。

于 2018 年 6 月

膏腴三川，微风拂过月亮的面庞

经历了高原的严寒酷冷，才明白了“江南”的意义。而青海俗称“小江南”的三川地区——民和县官亭镇、中川乡一带，环境和温度虽然比真江南差了些，可相对于青藏高原来说，四季分明、炎夏蒸腾，物产丰富，却也真的是无可非议的“小江南”。

当第一声布谷鸟的鸣叫响起时，也到了麦子出穗的时刻。其实农户人家的季节，除了日历上记载着的节气外，有些事物祖辈言传身教已久，只需合着节奏走就行。譬如“春打六九头”，六九一到，这里会雷打不动地开始春耕，不管农历的日子是赶在腊月，还是正月；接下来的七九、八九、九九该种什么，农夫们早都耳熟能详，按部就班；再譬如端午节要带花红线，不然会被蛇咬，而后会发现从这天起，真的会看到蛇了；布谷鸟要是笑了，说明要下雨，紧接着的阴雨天真的会验证农谚的真实性和可靠性。

生在农家，虽然已经二十多年不曾下农田，但要是哪天需要，我相信自己随时可以成为一个合格的农民。五六月间，随着日头的日益毒辣，大片的麦子由青变黄，香甜的西瓜、香瓜即将成熟上市，这个时候，也该是一年一度的暑假开始了，学子们放下书本离开教室，即将投入的是一片热火朝天的秋收。说是秋收，其实源于得天独厚的地理环境和黄河动力渠的浇灌，这真正的收获多半从春末夏初起就已经接二连三地开始，一直到十月底才结束。譬如种植的韭菜、大葱等宿根植物，被二三月的暖风一吹，几天就冒出新鲜的嫩芽。早期上市的有一种外表玫红色圆圆的水萝卜，当地人称“圆蛋子”，刚开始是官亭集镇上被摊贩一小堆、一小堆地摆着，几毛钱一堆，后来种子被普及家家可以自给，那个脆、甜、辣，无疑是儿时最好的零食。紧接着是西葫芦、蒜薹、豆角、辣椒、早熟种的土豆，西红柿，茄子等等，一个物产丰盛的地方，种啥得啥，那物种真的就不好逐一例举。除了蔬菜，还有各个品种的果实，仅苹果，就有夏苹果、冬苹果（富士）、红元帅、黄元帅、青香蕉等。梨呢，最早成熟的是副梨果，差不多麦子抽穗到饱满时就可食用。接下来便是苹果梨，巴梨，砀山梨，红肖梨，晚一点的数冬果、热果和软儿梨了。而桃和杏，却是半熟半青之间就已经是孩子们的零食，一直供应到麦子快成熟时也就所剩无几。

“千家门巷皆铺锦，十里园林尽罩烟”，丰盛的物产得益于大地的馈赠，也得益于勤劳吃苦的人们。当三川周边山区的人们一边晒着太阳，一边羡慕川水人家坐享富有的生活时，哪里知道川里人的吃苦也是出了名的。除了瓜果蔬菜的自给自足乃至剩余部分上市外，各样的庄稼也让人们毫无空闲可言。春耕开始，麦子种完不久，又人工填种蚕豆、黄豆、洋芋等。收过的青稞、油菜籽地里，马上还要种二茬洋芋、豌豆、大白菜、萝卜等。麦子大收完了，还有胡麻、黄豆、土豆、玉米、藜麦、荞麦等杂粮要依次收割打碾，花椒、苹果、核桃、枣等要及时采摘，一直要忙到十月底寒霜降临，家家户户仓廪爆满，才算一年的庄稼活有了个段落。

颗粒归仓的抢收季节，家里所有人都是要出动的。那时候，就在一天的忙碌起早贪黑汗流浃背地完成后，父亲一般都在西瓜地里守夜，而母亲喜欢乘着月光在廊檐下剥麻，我们几个孩子也喜欢围坐一起，一根一根地剥起来。“昼出耕田夜绩麻，村庄儿女各当家”，以八九十年代的物质条件，一家人的鞋子，全靠母亲一人之手操劳完成，稍有懈怠，孩子们便有可能露着脚丫。三川一带一般种植油纤兼用的蓝花胡麻(也叫亚麻)，是古老的传统作物之一，其油味道独特，颇受人们钟爱。剩下的麻杆经过泡水，纤维变得柔韧顺滑，常被一根一根剥下来，成为制作麻绳的原料，进而用麻绳密密排列缝制的“千层底”布鞋，柔软舒适，成为人人必不可缺的日常装备。除了制作粗一点的大长绳时种植大麻外，一般的针线用度就这种胡麻杆便完全可以满足。手工剥胡麻的纤维不是什么重活，但也是有点技巧的小手工，我们都喜欢跟着母亲干这活。剥麻，难免有麻屑、折断的麻杆等物堆积，所以一般都是在室外。而夏秋的室外，月光清亮，晚风送爽，远处蛙鸣阵阵，除了几只蚊子的骚扰，一切都变得那么美丽动人，真是一个把话家常的好时刻。因为放了暑假，也不必操心功课，我们就在那样的夜晚，常围坐母亲周边，一边说着不着边的话语，一边将那麻丝一根一根剥下来，剥成一股一股、一把一把。

母亲讲过的所有故事，似乎都是在那样的夜晚完成。讲得最多的便是忙古斯(吃人婆)的故事，而记忆最深的却是“娇娇女”的故事，也是从那时候起，月亮上除了书中得来的嫦娥，还有母亲口里的“娇娇女”。

“娇娇女”是个俗称，原本是“娇娇女”，“乔家女”，还是“焦家女”都已无从得知。故事大概是：

以前，有个叫“娇娇女”的女孩被嫁到婆家后，长期受公婆虐待，苦不堪言。娇娇女很久没有回娘家了，特别想念自己的父母，想回去看看，就不断的向婆婆央告：

“阿娜(母亲),阿娜,我回一趟娘家吧?”

“头茬草锄完了再去!”

低头锄草不踩苗,抬头日头热辣辣。可怜忙碌把活干,全家上下都靠她。等到头茬草全部锄完,麦子五寸长时,娇娇女再次央告婆婆:

“阿娜,阿娜,我回一趟娘家吧?”

“二茬草锄完了再去!”

低头锄草细思量,又是一年好时光。白色凉帽头上戴,七彩上衣多鲜亮。好不容易锄完了二茬草,麦秆已经过膝盖,娇娇女啊心里焦,又一次央告婆婆:

“阿娜,阿娜,我回一趟娘家吧?”

“三茬草锄完了再去!”

低头除草泪汪汪,抬头只见毒日芒。三茬草呀不好锄,燕麦打穗草籽晃。千辛万苦拔完三茬草,一根一根花了眼。可怜的娇娇女再次央告婆婆:

“阿娜,阿娜,我回一趟娘家吧?”

“慌田收完了再去!”

慌田慌田,真是大慌啊!所有的庄稼都熟了,所有的瓜果都熟了,阵阵的雷声带着冰雹大雨来了,阵阵的热浪带着熟透的田地来了,早一天是丰收,晚一天是欠收!争分夺秒,起早贪黑,一年的口粮总算是入库了,心里的石头总算放下了!

“阿娜,阿娜,我回一趟娘家吧?”娇娇女的恳求带着低低的哽咽。

“去吧!去吧!”

“阿娜,阿娜,我怎么去娘家啊?”

“骑上家里的老母猪去！”

“阿娜，阿娜，我在娘家能留几天啊？”

“留三天！做好三双大鞋，三双小鞋，再给老娘绣一副围兜了回来！”

“对了，先把家里的水缸全都挑满了再去！”

别人家的水桶是平底，挑水途中还可以休息。偏偏娇娇女的水桶是尖尖底，一路都无法休息。挑着清水走啊走，哭啊哭，无边的苦海没法脱，可怜爹娘养我身，自个身体却由不得自个！哭啊哭，走啊走，遇见了一位少年郎，“阿佳(姐姐)，你的水给我买点喝吧”，“嘎嘎(哥哥)，水你尽管喝吧，不要钱。”赶路的人喝完水便走了，可怜的娇娇女却吊死在了路边的娑罗树上。

要问那刚才喝水的是谁？真是娇娇女出门赶考的丈夫，只因离家已久，娇娇女被婆家劳作虐待折磨失去模样，夫君竟然没认出来。而娇娇女死后，连同娑罗树一起都上到了月亮上，不信你看，月亮上还能看到当年那棵娑罗树呢！

母亲每每讲到这里，我们都不禁要抬头看月亮，想那一片或明或暗的阴影里，果然有一棵娑罗树吧？可怜的娇娇女是不是真的在月亮上呢？舅舅家是在附近的前河乡山区，母亲自从嫁过来，便面对着比山区忙碌艰辛数十倍的农活，为此也经常把自己比作娇娇女，几乎没有清闲的时候。

就在这样的故事中，我们每个人手中的麻已经剥成了一小簇，夜也深了，看看身边的葡萄架，望望天上那轮洁白的月亮，带着幻想入屋睡觉。也从那时起，我们的月亮里，除了嫦娥，还有个“娇娇女”和娑罗树。故事的真实与否，有待考证，或者我的表述也不完全准确。但故事背后透露的三川地区农忙，倒真是一针见血。三川地处丝绸之路南路交通要道，中原地区先进的农耕技术早在这里生根发芽，随着改革开放的实施和农业科技的发展，不同作物有序套种、插播、点种等复杂的工序对于这里的乡民来说那是轻车熟路，生产力和生产积极性得到了前所未有的提高。据有关资料，青海省最早成功种植水稻就在中川乡的草滩村，而喇家遗址的发掘，一下子把这里的文明和历史提前到了 4000 年前。近年回家，发现父亲不知从哪里移植过来的竹子，几年之内大大繁衍，门前已经是一片葱茏。新栽下的两棵梧桐树，也是枝叶高耸，长势喜人。官亭一家叫梨园的“农家乐”里，竟然第一次吃到了本地产的桑椹！许是气候变暖的原因吧，小时候不曾发现有知了，而近年夏天却明显地听到一片知了声，“小江南”真是名副其实！

身处海拔 3600 米的西藏山南，记忆中气温从不曾高过 26 摄氏度，凛冽的风哪怕在夏季也是排山倒海样刮来，鞭子似地抽打着身体。而每一个狂风大起的夜晚，我总在想，此刻，我的故乡三川，应该是微风不燥，月光如水吧？孩子们一拨一拨地长大，母亲也早已随着子女们住到了县城，她虽然已经不需要剥麻、搓麻绳、制作千层底布鞋，但是习惯了忙碌的她，至今也不愿意作片刻的休息，忙完一天的家务活便是低头绣花——传统的刺绣、婴儿的小衣帽，孩子的绣花鞋、流行的十字绣、一家人的拖鞋，不管用得着用不着，她都一股脑儿从不间断地劳作，心甘情愿地给全家人当着“娇娇女”。

如今，每当看我拿起书本，父母时不时地要问我：“大学已经读过了，还读书干嘛呀？眼睛都坏了。”对此，我常说：“这和母亲的针线活一样啊，学了怎么能停下来呢？”按传统的习俗，本该坐绣房学针线的年龄，我庆幸地赶上了新时代，读起了圣贤书。女红针线确实是没学到，每每想起这个总觉得对不起她们前辈了，作为土族女儿竟然让传统技艺在自己手上给断了。但母亲，乃至像母亲一样勤劳贤惠的无数个土乡女人的可贵形象和品质，却自始至终影响着我，激励着我——除了农民的身份，她们还个个是绣娘，是厨师，保洁员，保育员，是所有学子的第一任老师，是老人贤良的护工，是佛心菩萨面的伟大母亲！如今，随着时代的变迁，年轻的她们除了农活也会出外打工，但她们不玩麻将不打牌、不赌博——对了，如今她们爱跳广场舞，用心生活，用心感受美好，就像故乡的月亮一样，明亮纯洁，高高地挂在熟悉的天空……

被称为“东方庞贝”的喇家国家考古遗址公园正挖掘、建设的如火如荼，禹王峡景区也有待进一步开发。时代的车轮滚滚向前，总有一些事物在改变，也总有一些事物会被永久地传承下去。水泥砖墙的房屋遍地而起之时，惊喜的是家乡的父老乡亲却对传统的松木房屋表现出了极大的留恋和追求，并在原有的木工上结合了玻璃电器等现代产品，居家环境日益整洁漂亮。我总是在担心三川如果真的哪天游人如潮，喧嚣日增，多少传统的事物还能继续传承下去？

当年压弯枝头的苹果和梨，不知什么原因如今少了许多，倒是杏子树比以往繁茂了许多。喜鹊少了，野鸡的数量却是大大增加——风水轮流转，有失去就一定会有得到，或者，又怕什么呢？

于2018年6月

（本文曾发表于《中国土族》杂志）

故乡杏熟时

听说老家的杏子熟了,我在遥远的藏地立刻有点心神不定。按理说,离家已经二十多年,早已习惯了这里的生活,也由衷地爱上了这里,却让一颗杏子弄得不淡定,真有点好笑。市场经济时代,有啥东西是买不到的,还能这样让人牵肠挂肚?说来不一样,记忆中的杏子,还真是非老家的莫属,外边买不到!

老家所处的青海民和三川地区,历史上就有"三川杏雨"的风景名胜,杏花开放之时,微风细雨中花瓣翩翩飘落成雨,仅这名字,就已经美得让人浮想联翩了。记得小时候家门前至少有五六棵一抱粗的杏树,主干基本都是笔直向上,在数米开外高高地散开枝桠,开花时一片粉白,非常壮观。花到后期随风飘落的样子,也着实美丽动人。我爷爷一共三弟兄,那几棵杏树分属几个叔叔和父亲所有,品种有大结杏,桃杏,和一种果实比羊粪蛋大点叫不出品种的杏。我印象最深的就是我们家那棵桃杏,那是桃树和杏树嫁接的产物,杏子熟时不像一般的品种都是发黄,这桃杏熟时从里而外都是发白,白里再带点红丝,像极了水蜜桃(不同于油桃)。味道尤其独特,既有杏子的酸甜,又有水蜜桃的芬芳,市面上几乎没有这个品种可卖。

"花褪残红青杏小,燕子飞时,绿水人家绕",乡村的春天,和风拂面、莺歌燕语,一年的美景就此打开。杏子是孩子们的零食,从开始的小青杏，一直到成熟，孩子们总是淘气地想尽办法采摘。记忆中最难忘的，就是爬杏树了。几棵杏树中，就属那棵桃杏“个子”矮一点，或许是它体内还有桃树基因的原因吧，别的杏树数丈开外才抽枝分杈，而它却在成人等高处就开始分杈向四面延伸，虽然主干粗大却是最容易爬上去的一棵。就因为这样，别的树我是没想过要爬，但对这棵树，却明显小看，杏花落尽后不久，就天天琢磨着怎么爬上去。因为小，脚下垫上大石头，小伙伴们还会帮忙往上推，但作为一个女孩子，爬树实在是一件困难的事。年复一年中，随着身高和年龄的增长，有一次真的爬上去了，随着前面的小伙伴往侧枝上赶，结果还没摘到杏子就差点一个失手摔下来，从此吓得我再也不敢爬树了！

老家有句俗话，“桃养人，杏伤人，李子树下抬死人”。其实杏子，就吃个新鲜，一旦蔫了或吃多了不小心会伤人。已经发黄又没有熟透的新鲜杏子，那是甜中带酸，酸中带甜，几颗下去，不知不觉中牙就被它酸倒了，年轻人最喜欢那种味道。爷爷没有牙齿，他最爱吃熟透后果肉绵绵的那种。父母好像不太喜欢吃杏子，但母亲对杏仁还是特别喜欢。那几棵高的杏树，别说小孩了，大人也基本爬不上去。当然，既然有杏子，总会有办法吃，家里砍割树梢子的有着长长把子的钩刀，就是最好的采摘工具。对准熟了的杏子，钩刀头稍稍一扭，果实就立刻下落。当然这不是好办法，杏子不小心都会落在地上，会摔坏一些。更古老的办法就是拿石头打，捡起一颗石头，瞄准熟透的杏子，打过去，打不打得准就不得而知了。更多的，就只有等它熟透，自己落下时再吃了。二叔门口的那棵大结杏前，就是我们的打麦场。那时，正当大伙忙着碾场打麦子的时候，也是杏子熟透，开始自行落地的时候，每天早上起来捡拾，都能捡到几颗才跌落的杏子，透熟、甘甜。有时候大伙都在麦场劳作或休息，突然一个声响从树梢到地上，那必是杏子跌落，跑去准能找到。那几棵杏树都是甜杏仁，果肉吃完，杏仁也砸了吃完，才算一年的杏子期过去。

我有个姑奶奶，在世时总喜欢给我们讲以前的故事。据她描述，原先我们家周围的杏树可真是一大片，我们的房屋和叔叔们的庄廓、菜地那一片原来几乎都有杏树，后来慢慢被砍伐了。小时候的那几棵杏子树，算是享用了几年。但后来随着杏树周边白杨树、榆树、柳树的茂盛，或者是旁边的苹果、梨等可能栽的太多了，杏树越来越萎靡，结果越来越少，最终因不再结果，都被砍伐了。这之后的很多年，我基本没吃过杏子。曾经怀孕时，看到山南街上水果店有杏子卖，馋得不行就买了几颗吃，谁知那不知经历了多少路途周转才到达的杏子，竟让我胃痛腹泻立刻成了病人，还好及时就医没伤到孩子。从此，我再也不买杏子。从此，多少次梦里杏花连片，杏果馋人，但吃杏子却成了可望而不可及的一个愿望。

对于杏子的感情可不止这些。土族语中，用“阿丽玛”、或“阿姆啦”统称一般的果实，而杏子，叫“热阿丽玛”，或“热阿姆啦”，这完全不同于苹果、梨等和汉语相同的称呼。“热阿丽玛”，“热阿姆啦”，这样的称呼带着特定的民族印记，悄悄诉说着更远的故事。小时候，别的树苗好多都不认识，但只要杏子树苗在路边、野外探着脑袋刚刚破土，小伙伴们无一例外除了都认识，而且会按谁先发现，就属谁的方式连根带泥小心翼翼地挖出来，再认认真真把娇嫩的小苗栽到自家菜园或花园里。父亲就以这样的方式，在屋后的山坡上移栽了很多杏树。几年前休假时，发现父亲移栽下的杏树好多已经有碗粗，有几棵请了高手嫁接成了大结杏，又可以吃上又大又甜的新鲜杏子了！我简直欣喜若狂！有一种味道叫记忆中的味道，咬上去的那一刻，酸酸甜甜，久别的味道又回来了！

再后来，每次休假，只要能走开，我就要赶着杏子成熟的时间回去，否则吃不到杏子又是一年的遗憾。就这样，上次休假时，小叔家的孩子，十来岁的小堂弟，拉着我的手到他家后院去吃桃杏。“阿佳，阿佳（姐姐）”，他亲切的土话甜甜地叫着，特别亲切特别可爱。满树的桃杏已经到了熟透的时候，树底下已经落下来一片，用脚使劲踢一下树干，有好多掉落……又白又香的果肉带着特别的芳香，掰开放进嘴里的那一刻，我几乎要感动得流出眼泪了！儿时的味道，思念了多年的味道，终于又回来了！终于又尝到了！

其实小叔家的这棵桃杏，是以前见过的，那时树还小，结不了多少果实。后来多年不在家，竟把这棵树忘了，还以为再也吃不到桃杏了！再次吃到，那种失而复得的感觉，真是无以言表！

近年，随着务农人员的逐年减少，发现老家的各类果树又蓬勃而起了！年轻人出外工作或打工，各类果树一栽就管用多年，刚好适应了劳动力缺少的现状。除了大片增加的核桃树，杏树也变得随处可见，不久的将来，历史中的“三川杏雨”再次让人瞩目或者也指日可待了。

故乡三川啊，杏花、杏树、杏子，仅这一件事，想起来就让人思绪翻滚、思念如潮、归心似箭！杏子快熟了，游子的心也随着果实的日渐成熟回家了，那高高树上的杏子啊，你可一定要等着我……

于 2019 年 7 月

（本文曾发表于《中国土族》杂志）

一曲相思断肝肠

——听《青海花儿》有感

在藏的生活大多数时候或忙于工作，或忙于琐事，日子也算简单开心。但是，心里有那么一个地方似乎不可触碰，触碰了会痛——青海花儿，那属于家乡的大众民歌、情歌、属于家乡的野曲、山歌，那本是倾诉男女情爱满是赤裸裸相思的小调。而我，每每听到，想的不是某个具体的人，而是想家！深深地想家！

青海民和县三川一带居民以土族为主，还居住着汉、回、藏、东乡、保安等民族，是一个多民族聚集的地方。说起家乡总是美的，“巍巍积石山，滔滔黄河水。黄河岸边是家乡，赛过小江南”，这是儿时的一首歌曲。那时并不知哪个是积石山，也不明白自己的家乡是怎么“赛过小江南”。但如今想来，老师教的歌真是朴实贴切，黄河岸边，亲亲家乡，每个从三川走出来的人心里，恐怕真的没有哪个地方比那里更好。对于三川的美，古人也早有诗证：“曾将烂漫照三川，活色生香谁与怜。柳外青帘堪问酒，水旁红雨自成泉。千家门巷皆铺锦，十里园林尽罩烟。岂是中州文杏好，移来还待探怀贤”。

花儿是野曲，在家乡是要避开异性的长辈、晚辈唱的，还有同辈里女性要避开兄弟、男性要避开姐妹，就像花儿所唱的“花椒树上你别上，上是丫丫挂哩。庄子里到了你别唱，唱是老人骂哩”，是不能在村庄和家里唱的。虽然校园环境下长大的自己并没有多少接触的机会，但有名的《花儿与少年》（也称《四季歌》）倒是自小在老家的灶火中听过的，“春季里么就到了着，水仙花儿开。绣阁里的女儿呀，踩呀踩青来呀小呀阿哥哥，小呀阿哥哥呀，小呀阿哥哥呀搀我一把来”，那美妙的旋律，经久不忘。上小学时，也有不知深浅的小伙伴不知从哪里听来《妹妹的山丹花》不时会哼几句，“尕妹妹的个大门上啊浪三浪[1]哎，心儿嘛跳的慌啊”，那时不解其中风情，只知道那可是不能随便乱唱的。上中学时，有个大胆的女同学经常在教室里来几句《索菲亚诉苦》，“东方呀亮了着城门开，十八岁的索菲亚担水来，出了个城门着上南坡，南坡上遇见了娘家的哥”，就那唱调，把一个受封建礼教压迫和虐待的媳妇可怜样刻画得活灵活现，让人痛惜。虽然基于校园成长环境，没见识过任何的“花儿会”，但对于花儿也算是这样启蒙了。

而我真正接触花儿还是在婚后。女人们凑到一起总有说不完的话，当然少不了花儿。夫家虽说是藏族家庭，但嫁到夫家后，才明白她们到底有多喜欢花儿，个个说起来都是如痴如醉仿佛正处在热恋中。只要环境合适，随便谁出来唱几句都没问题，这甚至让我傻眼，不明白到底是什么原因，让近在数公里的娘家与夫家环境如此不同。为什么我从小就没听见母亲及娘家身边的姨、姑等唱哪怕一句花儿？为什么也不曾听见她们讨论花儿？最近在高中同学群（90%以上的三川土族）里发了一个花儿过去，但很多同学回过来一句话就是：听不懂。这让我更茫然：到底是

[1] 浪：青海方言中是游玩的意思。

花儿有区域性的小隔离区，还是校园文明下的一代不慎脱离了这野生野长的野曲？

“花儿”，名称本意是把青年女子比作“花儿”，同时也成为这种民歌的称呼。也有叫“少年”的，譬如漫个“少年”，说的都是这种民歌。花儿几乎都是用方言唱，对于不懂北方方言的人或不知道词的人而言理解起来确实难度很大，但这更体现了其民间性、原生态。即便是现在网上能搜到很多，个别不习惯的方言没有歌词听起来依然很费劲。花儿调令繁多，常见的有“尕马儿令”“水红花令”“白牡丹令”“大眼睛令”等，不同的令不同的调，规定的格式下内容灵活繁多，有点类似于宋词的词牌名。花儿内容涉猎浩瀚，各种历史、故事、典故巧以应用，多描述男女恋情及思念，但也不仅限于描述男女恋情，还有日常生活的酸甜苦辣、劳作的艰辛等。其表现形式有一定规律的引、比、对等修辞手法，据说多现场现编现唱……一个略懂皮毛的人描述这个真有难度，暂且抛开这理论性的因素来个简单浅赏吧。

“上去个高山望平川，平川里有一朵牡丹。看起来容易摘起来难，摘不到手里是枉然”（《上去个高山望平川》），拿牡丹比喻心上人，看似直白却也隐喻颇深，类似的比喻较多，如“阴山里拉雾阳山来开，平川里下一场雨来。尕妹是牡丹院子里开，阿哥是蜜蜂者探来”（《尕妹是牡丹院子里开》）。“三炮台的碗子哗啦啦响，云南的茶叶下上。阿哥是樱桃我口噙上，打一个哈欠了咽上”（《阿哥是樱桃者口噙上》），花儿里有比喻，却也简单、直白、火辣，透着普通民众对爱情的热情和豪放。花儿里也多的是不羁之恋，是公开的背叛情歌，“尕妹的旁边有人哩，没人时我陪着”（《阿哥的白牡丹》），“骑上个毛驴赶上个牛，脊背后跟的是尕连手[1]。人多的地方你自己走,没人的时候我把你驼在尕毛驴的背上”(《把散心的花儿漫上》),这是怎样的另类与不羁?而同时,《十劝人心》也专门告诫这些人,“七劝呀人心五荤[2]们听啊,苦海呀无边要小心,淌不完的黄河填不满的坑,恐害怕掉进了烂泥坑”。

“脚踩上大路者心连着你,心想着你呀喝油也不长个肉了”(《喝油也不长肉了》),“端起个饭碗想起个你,面叶儿落不到嘴里”(《端起个饭碗想起个你》),“不见阿哥心不宽,瘦身子怎么胖哩”(《不见阿哥心不宽》)人生最苦,莫过于相思苦,“乐莫乐兮新相知,悲莫悲兮生别离”,凡人也好,名人也罢,原是各有各的相思肝肠断!

花儿,在青海、甘肃、宁夏等地区源远流长,是由汉、回、藏、土、蒙、撒拉、东乡等西北各民族广泛传唱的原生态大众民歌,可以说是属于西北各民族的团结曲,是西北之魂。尽管各民族风俗习惯不同,但花儿不仅拉近了彼此的距离,更是让广袤西北增添了无穷风情和魅力。“花儿本是心头的话,不唱时由不得各家。刀刀拿来头割下,不死是就这个唱法”,可见民间对花儿的热爱那是超乎想象。一到夏天,青海各地都有自发的“花儿会”,据说都是人山人海,歌声绵绵。花儿也多男女对唱,有问有答,其难度不亚于刘三姐对歌……只是自己长期在藏,至今也无缘目睹“花儿会”现场盛况,只能通过网络过过瘾。

就这样,想家的时候有时会在家里偷偷播放一天的花儿,独

[1] 尕连手:花儿中指情人。

[2] 五荤:原意是宗教信徒忌讳食用的蒜、葱等五种蔬菜。青海花儿里一般指花花世界,或是花花世界里吃喝嫖赌作风不正的人。

自品尝花儿流淌出来的各种风情，感受大西北人们的激情，粗犷；有时就是听听亲切的方言，熟悉下因离开太久而生疏了的家乡话；也会通过花儿，再次回味那个曾经生我养我的可爱地方，及那片土地上父老乡亲的悲欢离合，提醒自己是有故乡的，那里不仅有亲人，还有一些永远无法抹去的印记……

而越是这样的听，越是发现自己对花儿真是连“略懂皮毛”都算不上，或者写这样的文字，本就是“班门弄斧”会让人耻笑的吧？只是，在花儿的优美旋律中，真的好想家。想念那再熟悉不过的官亭街道，想念可爱的官亭土族中学，想念夏天的黄河岸边，想念母亲做的饭，甚至那有名的“马虎虎酿皮”……

诗人席慕蓉有一首《乡愁》，“故乡的歌是一支清远的笛 / 总在有月亮的晚上响起 / 故乡的面貌却是一种模糊的怅惘 / 仿佛雾里的挥手别离 / 离别后 / 乡愁是一棵没有年轮的树 / 永不老去 /”。作为一个青海人，不管男女老少，不管文人俗人是否识字，在博大精深的花儿海洋里总是能找到属于自己的一支曲子。一曲花儿就是一曲乡愁，或嘹亮、或低沉，没有雾里的挥手别离，却一样是让人充满迷雾般的惆怅。故乡的倩影，却在这样的惆怅中，越来越清晰，越来越美丽……

附：花儿词三首

1.妹妹的山丹花儿开

(1)尕妹妹地(个)大门上(哪)浪三浪呀，心儿嘛跳得慌呀，想看我的(个)尕妹妹好模样啊(妹妹山丹红花开)。(2)听说我的(个)尕妹妹病下了啊，阿哥(嘛)急坏了啊，称上些冰糖着看你来啊(妹妹山丹红花开)。(3)开不开的(个)山丹花连根拔了起呀，花瓣莫损坏呀，送给我的尕妹妹两个鬓间戴呀（妹妹山丹红花开）。(4)你把我心疼着我也把你爱呀，生死(嘛)不分开呀，一天(嘛)就三趟者看你来呀(妹妹山丹红花开)。

2.尕妹是牡丹院子里开

(1)阴山里拉雾阳山里开，平川里下一场雨来(梁梁上浪来)。尕妹是牡丹院子里开，阿哥是蜜蜂者探来(梁梁上浪来)(2)琵琶三弦我没心弹，心贪了千层的牡丹(梁梁上浪来)。阿哥你坐在我跟前，喝一碗凉水都喜欢(梁梁上浪来)。

3.挖虫草

人生在天下，困难确实大。拉家带口没办法，只好把虫草挖。

手拿上药铲把，草山上来回爬。雨天下雪风又挂，肚子饿着叫呱呱。

五月里五端阳，虫草没挖上。尕手扶开上着回家乡，弟兄们把命搭上。

于 2016 年 2 月

（本文曾发表于《中国土族》杂志）

厨房那点事

1

我特别佩服厨艺好的女人。尤其佩服厨艺好，还一日三餐一顿不落认真完成的女人。抛开技艺不说，仅日复一日的重复，那得多大的耐心啊。而我又属于对此特别没耐心的人，长年累月不停地下厨房，想起来都是一件恐怖的事。

但生活，却是无数个这样的日复一日、年复一年构成的，而且是三餐缺一不可的日复一日、年复一年。老家有个说法，就是当初“公共把事”（造物主一类）在规定人的生活习俗时，负责的人本来要说是“一天三打扮，一吃饭”，最后却不小心说成了“一天三吃饭，一打扮”，从而将人类拖入了不停吃、吃、吃的累赘中。不管是真是假，我也恨死了这个说错的人，每天“一吃饭、三打扮”该是多好啊！可惜人类的饮食之累已成定局，再编什么故事也是没用，只好承其累，受其苦了。

无奈也好，被逼也罢，等到新冠肺炎疫情好转，孩子开学时，已经连续下厨三个月的我总算长长地舒了一口气，好似结束了另一种隔离。不用再掐着时钟忙碌于锅碗瓢盆、油盐酱醋间，生活似乎才恢复了一缕明媚。泡一杯茶，开始阅读的时刻，小幸福也貌似全部归位了。

但这次下厨时间可能是太长了，或者是疫情禁足期间只剩吃饭睡觉,朋友圈各种晒的饮食也是大大刺激了我的感官吧,厨房带来的余韵就这样久久挥之不去。小时候,父亲总是吓唬我:“阿姑儿(土族语:姑娘),你不好好学做饭,将来万一得个凶点的丈夫,会打死你的!”就在父亲这样的吓唬和母亲的强迫下,从小学着进厨房,学习各种饭食,但对没有兴趣的事,我始终都是事倍功半。这不,最近在朋友圈晒了一下自己做的饭菜,就有朋友笑话说:“你切的哪是土豆丝啊,那是土豆棒”!“黄瓜怎么能切成那种大片呢,难看!”好吧,我承认自己刀工确实不咋样,其实我整个厨技就不咋样,离所谓的“厨艺”还差得远呢!

2

这种批评和调侃,让我想起小时候为厨房那点事挨过的打。老家三川一带疼惜女儿,一般不会让女孩参与农田里的活,但厨艺与女红,却是一个女孩子必须拿手的基本功。哪个小女孩要是敢捉小虫子玩,大人们会立刻喊道:别捉虫子,长大做饭会不香的!“上炕是裁缝,下炕是厨子”,就是用来称赞那些厨艺女红都很棒的女人的。但同时,谦虚谨慎的族人们,明白技艺的无止境,天外有天、人上有人,对于自己女儿的这份技艺却是万分的小心谨慎,在女孩出嫁“交代阿姑”的说辞中,以“我的尼相阿姑,锅头上不知道生米熟饭,针线上不知道倒针顺线,还需要亲家阿吾(叔)、亲家阿姨多操心几年”的谦词来给婆家托靠。特别交代在厨艺女红两件事上的不成熟,为的是给女儿以后在夫家的日子留有余地,为的是夫家在这方面多包容、多调教,可见是多么重视。可惜,我对这两样都不感兴趣。小学四五年级的时候,女同学们估计都是被母亲逼的吧,放学回家基本上都要做饭。记得自己那时候擀面条还够不着案板,脚底下要踩一个高高的木头墩子,才可以用上劲。但真的是太小了吧,擀出来的面条太软,不够劲道,为此挨过母亲不少打。生性要强的母亲,那时候还没有让我读书上大学的想法,每天出去和村里几个女人一叨叨,才发现人家的女孩做饭做得那么好,家务活干得那么好,回来就劈头盖脸收拾我。那段时间,感觉整个世界都是黑的,厨房成了最大的梦魇。

尽管如此,厨房还是要进的,做饭再难,也是要学的。北方男人是有名的大男子主义,基本不进厨房,女人厨艺不好,轻则会被别人笑话、瞧不起,重则真的可能出人命,父亲的吓唬并非空穴来风。那些大人们凑到一起时,哪个女人厨艺好,哪个女人厨艺差,也都说得一清二楚。厨艺好的自然不用说,走到哪里都是“狠昆”(厉害人),不好的自然是人们口中的“跌啦包”(怂人),时常抬不起头。我父母都是个性要强的人,宁愿用棍棒逼着女儿去学好厨艺,也不愿将来被别人指点,受人欺负。就这样,简单的农家饭,从擀面条开始,到波得儿、散饭、面片、凉面、搅团、烙饼、蒸花卷、炸油饼、炒菜都得慢慢学来。到初中毕业时,这农家饭基本已经学了个遍,端上来的饭菜,父亲也没什么“这还欠点火候,那还咸了点、淡了点”的指点。

这时,村里的大姐姐们有人考上了大学,当了干部拿上了工资。醍醐灌顶似的母亲,好像突然明白了她女儿的出路在哪里,一下子来了个一百八十度大转变,读高中时不再让我进厨房了,只剩安安心心加油学习。进厨房,只有寒暑假两个假期。尤其是那些小时候被她们的母亲夸耀饭食做得好的女孩们,一个个早早成为人妻,开始重复老一辈女性的命运时,母亲是彻底醒悟了。对于普通老百姓来说，一个自己拿工资的女干部，那是高高在上、足可仰望的身份，谁还敢挑剔她饭食做得好不好？母亲的转变让我受宠若惊，又战战兢兢。高兴的是我真的可以不用下厨了，紧张的是万一考不上大学那怎么对得起父母的这份期望？从此，考大学成为了最大的奋斗目标。除了父母的期盼之外，自己也觉得只有考上大学跳出农门，才能摆脱又怕又累的厨房。

3

也是从那时候起，厨房于我渐渐成了一种若即若离的关系。大学四年除了假期之外没时间下厨，参加工作结婚成家后虽然也自己开火，但想做就做，不想做就买回来或者出去吃点，孩子又不在身边，没有谁逼着必须下厨。因为长期在藏，休假回老家时夫家娘家两边都和亲戚差不多，待不了几天，也就基本轮不到我下厨。如果幸福的样子，是能遂所愿，那么在“逃离厨房”这件愿望上，有时窃以为自己算是“基本成功”了。

但身为女性，这辈子与厨房恐怕还是有着剪不断、理还乱的“缘分”。虽然不喜欢，但真正开始琢磨厨技，也是从有了孩子后开始的。作为一个母亲，既然把孩子带到这个世界，就有义务把他养大，养好。面对孩子的百般挑食，黔驴技穷的我，才开始思考饮食这一大事，也才开始认真对待下厨这件小事了。

记得第一次学做红烧肉，面对家里几个孩子狼吞虎咽的一抢而光，恍然觉得这世界可能只有不会做饭的母亲，没有不爱吃饭的孩子。之后的日子里，虽然陪伴孩子的时间不多，但只要每次休假回去，都要变着花样在厨房折腾，让孩子尽可能地感受一下妈妈的厨技。和父母一起生活时，身体欠佳的他们需要清淡饮食，而孩子却又说盐淡了肉少了他营养不够会头晕，这着实让我犯了难。家里的主妇小则掌握着一家人的健康，大则掌握着一家人的性命，随时都会面临道德人品的考验。以前的艰苦时代逢年过节才有肉，母亲每次舀饭时每个人的碗里都会均匀地挑上肉，绝不会厚此薄彼。亲戚有个大姐常说，那时候家里十几个人时，每次做一大锅面，但自己最后总是只剩一碗汤。在厨房，一个品性善良贤惠的女人，宁愿自己喝汤也会让客人、家人吃好。而一个自私无德的女人，有可能尽饱私腹，才不管别人饥饱，而这样的家庭也注定会矛盾重重，难见幸福。

如今人到中年，上有老下有小，每天一睁眼都是那么多人需要依赖自己，要是再说“我不爱下厨”那是不负责任，甚至觉得那简直是自私。所以，与家人在一起时，每天的“吃什么”真的还是在认真地操心。但在这门学问上，发觉自己还是比较愚钝，学也学不成样，只能说马马虎虎、混饱家人的肚腹而已。大家习惯上说厨艺，但于我而言，说“厨技”还差不多，说“厨艺”，艺术，那得多精湛的技艺啊，实不敢提。就说“厨技”，我认为起码有三道大关需要过：第一，安全关——舞弄刀具、明火、开水、蒸汽、电、热油、高压锅等危险事物而不伤到自己，或者没把厨房烧了，炸了，确保自身和家庭安全。认识熟悉各种食材，并将之清洗干净、合理搭配，不发生食物中毒，或者其他吃伤、吃死人的问题；第二，感情关——考虑每个人的饮食需求和爱好，尽可能做的色香味俱全，营养搭配合理，一家人皆大欢喜。萝卜青菜各有所爱，酸甜苦辣各有所好，这一关不好过；第三，心理关——譬如有人怕毛毛虫，但择菜洗菜时就有可能与它遭遇；有人天生晕血，见不得血腥，那怎么办？难道还不碰荤腥吗？怎么克服心理困扰，只有各显神通了。譬如我，每次做鱼时，刚被杀的鱼切起来时一部分神经还会跳，每次遇到这种情况，那简直就是正在切自己的肉一般尖叫失声……女子本弱，“入厨”则刚啊，有时候真觉得“小女子”已经使出了浑身的劲，可厨技就是不见长进……奈何！奈何！

4

上次休假时遇见了家里三个七十多岁的老嫂子。在饮食上，一个说她不喜欢吃饭馆的饭，没一点味道，根本无法下咽；一个批评她儿子做的面条不够劲道，没嚼劲，满眼的嫌弃；一个哪怕一个人，也认认真真做了一大碗自己爱吃的面，然后认真地吃。这画面太过深刻，让我久久不能忘怀。随着社会节奏的加快，一面是城市里的年轻人或忙于工作无暇自己做饭，或好吃懒做，动辄以快餐、外卖等充饥，用不停的将就，糟蹋着健康的身体。一面是老年人却越发爱惜自己，在饮食上来不得一点点的委屈和将就，只要自己还能活动，就认真耐心地完成这仪式般的三餐，差别实在是大。“人为生而食，非为食而生”，作为基本生理生存需求，只要不死还得吃饭，这也是人生所有痛苦的根源吧。

“饱暖思淫欲、饥寒起盗心”，饮食关系着肉体和精神双重的幸福感，为了抚慰消解人之生存苦痛，每个家庭都有一个为饮食而忙碌的人，不管她(他)喜不喜欢这份差事，但为了家人的健康和生活，不厌其烦地进行着日复一日的劳作，为的是每个人都能吃上可口的饭食。而在别人看不到的背后，她(他)也和菜贩斤斤计较、每一样食材都精打细算，以简单朴实的爱，诠释着亲人的意义。生活中如果真的有“四两拨千斤”的杠杆，那么厨房无疑就是其中之一，有人在里面可以烹煮出相亲相爱不离不弃的一家人，而也有人可能会烧出一片鸡飞狗跳、兵荒马乱……

民以食为天，人间烟火最是暖人心。说到头，这饮食厨房之事看似小事，实则大事。在旧社会，“四海无闲田、农夫犹饿死”，对多少人来说，能吃饱饭已经是一种满足。如今随着人们生活水平的提高，适当的讲究和钻研厨技是必要的，以厨房之小倾注对亲人的关爱，换取家人的健康，构建和谐美满家庭更是以小博大、事半功倍的划算事。但过分地强调吃、吃、吃，沦为食物的奴隶，那自然也是不可取的，猪八戒为吃的还耽误了成仙呢！控制不了口腹之欲，又何谈人之高等级。至于无所忌讳的什么都吃，欲壑难填什么都敢下口的人，又与传说中的凶兽饕餮何异？

文不尽意处，留下想象给读者，你心目中的厨房又是怎么一回事呢？

于 2020 年 4 月

梦中的红元帅、黄元帅

在中国，有一种苹果赢得了统帅全军的“元帅”称呼——这刚硬霸气的军职名字，一旦被用到一种水果的称呼上，也就画风秒变，平添朴实。红元帅，黄元帅就是这样，她其实是苹果的一个品种。红元帅果未熟时淡绿色，熟时全果鲜红色，夹杂丝线般的淡绿色，果肉白中泛绿，有点像目前市面上卖的蛇果。黄元帅未熟时淡绿色，待熟时根据阳光照射、储藏时间的不同，变成浓淡不同的黄色，也叫香蕉苹果。小时候，这两种苹果曾经在老家三川是广泛载种，中秋节前后果实成熟，个大色艳，味美模样俊，对人的视觉味觉有着极大的诱惑力！

家里的苹果树最早结果的算是黄元帅。上小学的时候，家里的黄元帅就慢慢开始结果，刚开始时一年可能也就几十个、上百个苹果。这点小量的苹果除了平时吃掉一部分，真正成熟时能采摘的就所剩无几。就那么一点最后集中采摘的苹果，父亲一般会锁在母亲陪嫁过来的一个花木箱中，等到隆冬时节的夜晚一家人围坐火炕边话家常、边取暖时，父亲有时会突然打开那个箱子，取出一两个黄元帅，用小刀切了一家人分吃。万物萧瑟的北方冬天，黄元帅的那个香啊，实在是难忘！木箱里剩下的苹果，一般会在春节时全部拿出来吃掉，那是节日里唯一的水果。后来，随着果树的长大，苹果是一年比一年结得多，到后来能大量卖钱时，自己食用的苹果便储藏到了地窖里，因为量多也就变得没那么贵重了。

记忆中的父亲，作为一个土里刨食的农民，在如何做一个“好农民”上费尽了心思。那时候，家里房前房后差不多一亩的自留地，都是用土墙围起来的果园兼菜地，园里每间隔 2 米左右就是一棵果树，载种最多的就是各种的苹果和梨。也因为这样，夏秋季节随着各类果实的成熟，家里前来收购果实的商贩从来是接二连三。我们姐弟的学费，很大一部分就是这些果树变来的。

红元帅，黄元帅就是那时家里栽种最多、产量最高、收益最好的果树。多，其实也就四棵碗口粗的黄元帅，四五棵胳膊粗的红元帅。但别看就这么几棵树，却能采摘上千斤苹果，集中采摘下来的时候，总是能堆起一个香甜幸福的苹果“小山堆”。而我们姐弟上中学的那几年，恰是家里那几棵果树产量最好的时候，每次用铁皮水桶一桶一桶摘下来后，把太小的单独捡出来，剩下那些个头大的，就等着商贩过秤了。家里的所有果实中，红元帅和黄元帅的销价是最好的，一般红元帅可以卖到每斤六毛多，黄元帅每斤五毛多。各家各户的果园里苹果一片扎眼的时候，都会有商贩过来在村里大批收购。那时候粮食不值钱，一斤麦子才两毛多，夏天的西瓜每斤一两毛。很多农户家里三三两两的苹果树，换来了不少救急的钞票。而那时候还没有免费义务教育，苹果换来的钱在我们家直接变成姐弟仨的学费，有幸读书上学的我们，对那几棵苹果树自始至终都是满满的感恩。

当然，一棵树能不能结出高产量高质量的果实，还得看对她的操心够不够。对此，父亲在多年的栽培中摸索积累了一套经验。他对果树的操心是从冬天开始的。先是把肥沃的农家肥用架子车拉到每棵树底下，围着树根深埋一层后，就开始了抹顶修剪工作。为了防止果树徒长枝条，每棵苹果树，每一根枝条，父亲几乎都要剪掉顶端好大一部分，只留健壮的一部分。为了保证每棵果实都充分享受日照和透风，大的果树他又从下往上直接打掉一部分枝干，形成了 2—3 个高低不同的树杈层面。常看到父亲这番操作的我，对此自然也是轻车熟路，偶尔也拿着一把大剪刀帮他修剪。经过每年冬天的这么一番修剪，苹果树枝桠在半人高的距离就开始往周围生长，而她的高度则控制在一定范围内。

被“动过大手术”的苹果树，在冬天看起来光秃秃又规规矩矩的，感觉有点“凄惨”。但春天的暖风一吹，哇，满满一树的苹果花花苞玫红，花瓣粉白，突然就惊艳了一方天地。蜜蜂蝴蝶都一股脑儿围着苹果花转的时刻，我也会瞅准机会悄悄拿一本书爬上那棵最粗壮的苹果树，像《三生三世十里桃花》中的白浅上神一样，挑个舒服的枝桠或坐或躺，佯装读书，实则享受“仙感”呢！偶遇从门前路过的亲人，有时候还会说一句“学习这么认真啊”，慌忙假惺惺地回答一句“嗯啊……”

花期短暂，没过几天花瓣飘落，一个个小苹果三五成串地慢慢抬起了头，露出了稚嫩的果实。随着时间的推移，那些果实不断变大变好看，枝桠也被压得低低的，不时还需要找一些木棒给予支撑。当然有些结果太稠的要适时疏果，为了避免枝桠折断早先摘掉点也是好的。就在这样时不时的照料中，夏粮入库，秋天在徐徐的微风中到来了。个个苹果，也在不知不觉中长得又圆又大，红得鲜艳，黄得诱人，“元帅”在枝头风光无限地招摇，采摘的时候终于来临了。父亲一般都在中秋节前后采摘这些红元帅和黄元帅，按他的话说，过了这个点不采摘，就会影响下一年的结果，自然形成结果的“大年”和“小年”，也既“丰年”和“欠年”。都说天道酬勤，我们上中学那几年不知是老天开眼，还是果树健壮的原因，在父亲的用心照料下，那几棵苹果树几乎每年都是“丰年”，产量着实喜人。

那段时间，整个三川的苹果大概都是如此丰收吧，上初中时，每天中午不回家吃饭的同学，都会各自悄悄拿出装在书包里的苹果，一口馍一口苹果地在教室“做贼”一样偷吃着，对于长期仅拿干馍馍当一顿饭的穷苦农家学生来说，那可以说是相当丰盛的午餐了。那时候我和附近村的一个同学是同桌，有趣的是她每天会带两个红元帅，我每天带两个黄元帅，然后她的红元帅硬是塞给我一个，我的黄元帅硬是塞给她一个，结果就是俩人每天一个红元帅，一个黄元帅。到上高中时，再也没人好意思带苹果上学了，毕竟都那么大的人了，周边还是有很多同学没有苹果可带，——都各啃各的干馍馍吧，质朴的我们，“偷独食”悄悄啃苹果的事谁也没干。

上大学的时候，每逢秋季开学，或国庆节放假，三川的同学们都会带好多苹果、梨等水果返校，同寝室的同学人人有份，让很多山区、牧区的同学羡慕不已。日子，如果就在年复一年苹果的成熟和香甜中蒸蒸向前，那该多好啊！

可是谁也没有想到，这么高产丰收而经济效益也高的红元帅、黄元帅，甚至其他品种的苹果诸如红富士、国光等，竟然会突然在三川消失……那是一场由苹果树腐烂病引发的大面积果园灾害，几乎毁掉了所有的果园……

病灾起初发生的时候，焦急无奈的父亲用了各种土办法，用刀刮去腐烂面，拿高浓度的洗衣粉和纯碱混合液喷洒创面，甚至去农业技术推广站咨询治疗办法……但是一棵棵苹果树却像得了癌症的病人，一两年光景就全部枯死了！几乎在同时，全村庄的苹果树、甚至所有亲戚朋友家的苹果树也都枯死了……

痛哉！那像母亲一样费尽力气结果、养育了我们数年的苹果树！哀哉！那花香满园、硕果累累，美丽、丰盈了我们童年和少年的苹果树！

家里那么多、那么好的苹果树竟然全部枯死了！从此回家再也没有苹果可吃，再也没有苹果可看，再也没有苹果花开满园！好多年的时光里，这成了我心里隐隐的一个痛处，每每想起这事，我甚至像失去了亲人般沉痛！

更难过的是之后的很多年，果园里居然栽不活苹果树！农业科技的落后，使得一场疾病带来的灾害，竟然持续影响了好多年。

但无论再难，苹果树还是要栽种的。如今父亲年龄大了，弟弟又开始了果园的接力活——几经周折，他终于又栽活了几棵苹果树！而且又开始结果了！

休假时再次看到果园里孱弱的苹果幼树上几棵青苹果时，内心喜悦无比。儿时的红元帅、黄元帅是不是又可以回来了？人到中年，回忆和梦境连连缀缀，一次又一次把我带向故乡那方天地，那片果园。梦里有时苹果花开连片，如锦如缎；有时苹果累累，红元帅耀眼似火，黄元帅金黄如蜜；也有时候我在树上焦急地找啊找，却竟然一颗果实也找不到……

岁月变迁，多少往事都成了永远也回不去的曾经。时代变迁，人事更迭，如今老家那片房前屋后的果园兼菜园，为便于管理，弟弟在栽种了几棵果树的同时，很大部分都改成了花苗圃，种植了成片玫瑰花。花开时节，虽然没有原先的硕果累累，却也是花香弥漫，美丽异常。

对怀旧的人来说，这能算是一种补偿么？

土族新娘——哭得有味、笑得高贵

青海省民和县三川土族的传统婚礼载歌载舞、程序严密，既有汉文化的内敛含蓄，又有草原文化的热情奔放，别具一格中韵味十足。说起土族新娘的哭嫁(土语叫“哎侯依拉”)，很多人可能有所听闻。但说起土族新娘的笑，恐怕就没那么熟悉了。其实三川土族婚礼中，新娘除了离开娘家前要哭嫁，在夫家还有个固定的程序就是“逗笑新娘”，场面特别有趣。如今自媒体时代，网络上的土族新娘哭嫁、被逗笑的片段时常出现，但苦于没有相关的文字解释，看了的人也是“丈二和尚摸不着头脑”，不知其意。所以，本文就三川土族新娘的“哭嫁”和“逗笑新娘”，向读者作一简要介绍。

哭嫁:哭得有味全场悲

说起三川土族姑娘(阿姑儿)[1]，小时候都有一怕，就是怕长大哭嫁时哭不好，给家人丢人。为了届时不丢人，村庄里只要哪家有女孩出嫁的晚上，母亲们都会带着自家女儿前往，内心藏着的其中一个小目的就是“听哭”——让自己的女儿从小听哭嫁，熟悉哭词与过程，免得长大成婚面临哭嫁时丢人现眼。土族姑娘

[1] 阿姑儿:在三川土语中，阿姑和阿姑儿是有明显区别的，阿姑指的是姑姑，阿姑儿，一定要带“儿”，才指的是姑娘。“尼相阿姑”，可以指代本家族所有女性。

的哭嫁，那是哭腔的歌声，既是一辈子仅一次难忘而隆重的告别亲人(再嫁时不哭)，也是一次个人才艺的大展示。哭得好的，会得到很多赞许，哭得不好的也会被别人悄悄取笑。

哭嫁，一般是从女方家准备办喜事“告户”这一天开始，到正式婚礼离开娘家后结束，基本持续7天左右。“告户”，即女方父母把所有本家族同姓亲属（家务人员）请到家里商量婚礼的筹备、人员分工、杀猪、炸油馍馍等事宜，一般是在正式婚礼前一周的某个晚上。“告户”后，“家务”人员按商量好的各项分工任务，每天按时到女方家操办，一直到婚礼结束。也就是从“告户”的这个晚上开始，待嫁的姑娘就要开始哭嫁，一直持续到婚礼中离开娘家。哭嫁，大都有约定俗成的时间，一是每天早晚各哭一次，二是来客人时哭。从女孩开始哭嫁的那一天起，她已经是“准新娘”，每天都待在炕上，不出门不干活，饮食都是家人伺候，非常尊贵。这时候，和她关系好的闺蜜们，还有至亲的姑姑、姐姐们有时间的都可以去专程陪伴或看望她。准新娘的“哭嫁”，是对家中所有前来送亲祝贺亲朋好友最隆重的迎接礼，期间她来客不起身，不打招呼，不招待客人，说不说话也看自己心情。女性宾客来了后，一般都先去准新娘的房间，劝她不要再哭了。如果真的心疼准新娘，最好是能约到的亲朋约了一起去，她也就可以少哭一次，不然来一个亲戚哭一遍，说实话真的辛苦(是不是心疼我们土族姑娘了？)。

“哭嫁”的内容，一般都是从最亲的爷爷奶奶开始，父母兄嫂弟妹子侄，依次排序哭唱养育之恩、手足亲情以及难分难舍之情，还有美好的祝愿。如果爷爷奶奶等长辈不在世，也是要哭的，哭他的早逝。同时，哭词还要根据客人的情况随机应变，譬如村

庄的人来了,就要哭本家爷太、叔叔阿姨们的光临。某个亲戚来了,就要哭那个远路上的亲戚如何辛苦来送亲。哭词举例:

哎候[①]……

早几年停歇了的爷爷奶奶

请您像旋风一样

到我父母的宽敞院子里

来送您的孙女

请您像活着时的样子一样

知晓您孙女的出嫁

哎候……

丝绸一样柔软的父母

为了您这个不成才的女儿

白天慌了六神乱了脚步

夜晚操心烦忧没有睡过安稳觉

出嫁的缘由上

而今把您的心肝女儿

要像牛羊一样分割出去

哭嫁时,准新娘一般坐在闺房炕上的一个角落,用一个头巾蒙住脸了面向众人哭唱。婚礼前几天的哭嫁,随便穿什么衣服都行。正式婚礼那天,一般穿红色衣服,头上要戴一种叫“齐格尔齐”的传统头饰。这样的哭嫁,有些人可能要想,“肯定是假哭吧”?对此,只能说是“半真半假”。为什么这么说呢?因为哭得太伤心时,必然吐词不清,这也没必要。但直接不哭,又怎么可能

① 哎候:为哭嫁时所有哭唱的第一句,曲调伤感悠长。

呢?毕竟是告别生养了一场的亲人和家园。从小在三川长大的笔者,曾经现场观摩过无数土族女孩的哭嫁,那是哭声一动满屋凄然,准新娘是边哭边唱,旁边的众亲友女眷是默默陪着流泪,无不伤感。

婚礼当天夜晚的最后一场哭嫁,还有一个很重要的任务,就是“数尔乎浪”,当地汉语叫“给数勒儿”,准确的汉语翻译差不多是“送祝福”。这是准新娘离开娘家前的最后一个仪式,也是最重要的一场哭嫁。届时,在快要“上马”(动身前往男方家,一般是在凌晨天未亮的某个时刻)前,准新娘梳好头,穿好嫁衣,蒙着头被哥哥或弟弟们抬到(或者是“公主抱”)堂屋正中央一个提前摆好的小凳上,右手拿上一把红色筷子,坐在小凳上哭唱。这最后的哭唱不同于之前,全是送给家人的美好祝愿,举例:

哎候……
今后的日子,愿我的父母双亲
像太阳一样温暖,像月亮一样光明
福如东海、寿比南山
像山上的松柏树一样万年长青
哎候……
祝愿我贤良的哥哥
空怀出去,满怀进来
用金砖银砖砌庄廓
用金柱玉梁建高楼
富贵满堂年年发
哎候……
祝愿我聪明的弟弟

金榜题名上大学

高官厚禄前程好

无忧无虑做的是人上人

在祝福快送完的时候，准新娘把手中的红筷子用力地向后扔去，祈愿所有的祝福都如愿实现。这时候，准新娘的哥哥(弟弟)抬起她出门，抬上马(现在都是轿车)。这时，准新娘还在做最后的哭嫁：

哎候……

我把娘家的病痛灾难带出门

我把娘家的口舌是非带出门

扔到远方的荒郊野滩

让它从此无影无踪

就此，准新娘的哭嫁全部结束。

逗笑新娘：笑得高贵却难见

说起三川土族女人这一生啥时候最尊贵？那无疑就是结婚的这三天[1]，俗话说“三天的尊贵”。这三天，新娘的所有事情都是别人伺候，自己基本不动手。同时，这三天，新娘必须是站有站姿、坐有坐相，规规矩矩、目不斜视、笑不露齿不出声，走路必须是大路，“见官不下马、不磕头”[2]，非常地尊贵，可以说是公主的

[1] 三天：指的是婚礼中新娘到达男方家后的三天。土族传统婚礼，对男方家来说最少四天，第一天叫“收客”，所有亲戚基本这一天到达，夜晚新娘及娘家送亲人员到达；第二天叫“库润”，主要是宴请新娘娘家人，及前一天来的亲戚；第三天叫“谢酒”，专门宴请新娘的父亲，顺带宴请同村庄的人及新郎的同学朋友；第四天叫“回门”，新郎新娘回到女方家，对新娘的叔叔、哥哥等同姓至亲一一上门认家认人。

[2] 徐秀福著《三川土族民俗文化大观》。

待遇、娘娘的仪态。期间，只有三次在众多宾客面前短暂露脸的机会，一是拜堂的时候，二是“磕卓阔头”的时候，三是“走请到”的时候。其余时间，新娘都在新房里，在炕上面向墙壁背人而坐，不下炕、不出新房（白天不解手）[1]，别人根本看不到她的脸。

再说三次见面的机会：拜堂的都明白，一般在进入夫家后紧接着的某个吉时，新郎新娘要在院子里众人之前拜堂，亲戚们一般都在这个时候可以短暂地见到新娘；“磕卓阔头”，是新娘的认亲仪式，是婚礼第一天（库润）等大部分亲戚走了，晚饭以后做好了卓阔（一种面食，也叫油炒面），届时在八仙桌上放一碗卓阔，中间插一双筷子，再把新郎新娘叫出来，给家族中诸多长辈，及外嫁的姑姑、姐姐们按序磕头、认人。此时，长辈们要准备好现金和美好的祝愿，新人磕头，都要在送祝福的同时或多或少给点钱。这次见面除了家人，顶多也就几个至亲在场；“走请到”，是在婚礼的第二天（谢酒），新郎的亲叔叔、哥哥等要邀请新郎新娘上门认家、认人。这一天，一般也是新郎家接待宴请本村庄人员和朋友同学等的日子，人往往比前一天更多。

因为之前已经说过新娘这三天特别注重仪态，笑不出声不露齿，非常矜持，非常端庄。也就因为这样的缘故，就在“走请到”这一天新娘走出新房去叔叔、哥哥等家时，家族里的女眷们早早备好了一些小节目，专门用来路上逗笑新娘，打破新娘被蹦得紧紧的神经，也增加一份婚礼的乐趣。

需要强调的是，这“逗笑新娘”全是女眷的事，和所有男性没

---

[1] 在三川土族的婚礼中，新娘在这三天万一内急需要外出解手，那是很丢人的事。为此，一般在出嫁前就开始注意饮食，在婚礼三天中更是特别小心，甚至有的直接三天不吃不喝，以此保证不外出。

有任何关系，所以在这一过程中，男性朋友只能远观不可近前围观或是参与，(整个婚礼中新娘尊贵无比，除了“闹洞房”外任何人都切忌不可乱亲近、乱开玩笑)。在逗笑新娘的过程中，女眷们或一人，或两三人会戴上萝卜做的眼镜，翻穿皮袄，扮成各种小丑模样，故意在新娘面前做搞笑怪异的动作，开新娘的一些小玩笑。此时，她们有时候还会唱几句难为情的小调“什尼什娜姑什尼太……”(实在不好意思写出来)，甚至开一些荤玩笑。所以作为全程陪同的新郎，这时也要知趣一点走在新娘前面，与新娘拉开一段距离(毕竟女眷中有自己的长辈和姑、姐等，有所不便)，好让女人们放开了乐呵乐呵。

这种情况下，新娘一般都会笑，但依然是笑得高贵端庄，不出声、抬头挺胸、缓步前行，不做歪身斜腰等任何随意的动作。新娘笑了，意味着她以后在夫家的日子笑口常开，幸福吉祥。

于 2020 年 5 月

“老媒不是，老驴是哩”

——三川土族婚礼歌之“骂媒”趣谈

土族是我国五十六个少数民族之一，主要聚集在青海、甘肃境内。三川，就是青海民和县的土族聚集区，这里的土族儿女至今仍坚守着传统的土族婚礼及一系列习俗，可谓各种婚礼仪式中的奇葩。

历史中的土族深受汉族文化影响，“父母之命、媒妁之言”长期以来是婚姻的不二法则，期间少不了“媒人”这个重要角色。不同于汉族的媒婆，土族的“媒人”均由成年男性担任。“老媒”是对媒人的俗称，“媒公”，“媒公大人”是对媒公的敬语。即使当今自由恋爱时代，流水式的外包场地婚礼或许可以不要媒人，但在家庭举办的传统土族婚礼中，媒人依然是不可或缺的重要人物，必须要有。

“天上无云不下雨，地上无媒不成双”，传统土族婚礼从开始的说合，一直到订亲、商量彩礼、送礼、办喜宴都是由媒公在两家撮合跑办，期间双方家人都不见面。甚至新郎、新娘，也只有在领取结婚证时见一面，其余时间基本到成亲都不见面，媒公的功劳由此可见有多重要。“石崖上无庙修了庙，江河上无桥修了桥”，在专谢媒公的礼节上，都是用这样的比喻歌颂媒公的德行和功劳。

但就是这样功德无比的“媒公”，在土族婚礼中不仅要两头出力周旋，而且还必须要开心地接受办喜宴时女方家的女宾“骂媒”，土语叫“老媒斯果”，接受各种戏弄、羞辱和刁难，且不能生气，据说这是“抢婚”遗俗。不管怎样，先看看土族传统婚礼中到底是如何戏弄嘲骂媒人的。

“收客”（婚礼的第一天）这天早晨，媒公一早就穿戴整齐，由男方家伺候完早餐后，备上送往女方家的猪康子（一条猪去掉脑袋后的一半肉，尽量大一点的），大蒸饼 20 个，好酒两斤（用红被面连在一起。现在条件好，拿一箱），绣花针几十包，零钱几十或几百元，由男方家送往女方家。以前车辆不便时，这些东西和媒人均由马或驴（骡无后代不用）驮运到女方家，如今轿车方便，均由车来送。但这天白天到女方家的仍然是只有媒人，远一点的可带一名司机，再不可带其他人。所拿礼品也是定死的，不能改变。

这时，女方家的宾客早都做好了准备，就等着媒人前来。女宾们，尤其是家族里的“尼相阿姑们”（本家族女儿们的统称），在大门口搬来了拦截媒人的长条凳子，小姑娘们还远远地跑到路口放哨，媒人来时提前禀报。就在大伙这样的期待和准备中，喜鹊喳喳，“媒公大人”拿着厚礼姗姗而来：

“老媒不是，老驴是哩，

日头已中午，去干什么了？

洗了搅团锅？

刮了招儿嘛锅？”（搅团，招儿嘛，各为一种面食，做后锅难洗。）

在身着盛装的女宾们戏谑的叫骂声中，媒人不得不哈哈大笑。在当地，男性很少进厨房。除了开骂就把“老媒”当“老驴”，问你是不是洗锅洗到日中午？嬉笑中的一个洗刷下马威。

大门口卸下猪康子等物，拿来的用红绳连着的两瓶酒，由“尼相阿姑们”在大门顶上用红布勾上吊进院内。一边是门口处的女宾们还在堵着骂，一边是家里的男性们则半真半假地帮着媒人往大门里冲，笑声骂声混成一片。媒人靠近门口时，大门顶上还有人洒下冰冷的凉水……

好不容易进了大门，等媒公、东家抓盅敬酒迎接仪式完毕，提前准备的女宾们又堵在了堂屋（大房）门口，媒人又是被一顿洗刷笑骂后方进屋，脱鞋、上炕。

清香的八宝茶，浓烈的青稞酒（白酒），满桌的油炸馍、接客的“四盘子”或“一碗碗”菜等开始一一上桌，喜宴随后开始。媒人屁股还没坐稳，路途劳顿之余茶水也才刚刚端起，炕边的窗户却早被打开，女宾们的“骂媒”又开始了：

“老媒不是老驴是哩，
不骂两句太便宜你了，
把我们的姑娘，
强盗一样抢来了？
贼一样偷来了？
看你的身材像堆着的泥巴，
看你的坐姿像塌下的麦垛，
不吃不吃，
老鸦爪子下盘子了，
不喝不喝，
猪嘴巴进了杯子里，
看你的吃相像窑洞里打石头，

看你的喝相像河滩里走潮水。”

桌前是女方家男人们热情的敬茶、敬酒、敬吃，侧面的窗口是女性们洗刷、嘲骂，笑声伴着骂声，这一天是考验媒人心理的一天，伴着嘲骂声，不能生气，还得笑口常开，该吃该喝照样。同时，从男方家所带的绣花针及零钱，还是有大排场：骂一次你就掏一次绣花针和钱，要是想多听骂，可以耍赖，少给些。要是不想听骂，就主动多掏些。土族妇女热爱刺绣，媒人给出去的绣花针，会分配给到场的所有女性。零花钱也由参与者视情分配，目的重在开心图乐子。

日头下山，酒足饭饱的媒人喜宴散后被男方家接走。紧接着，等天黑定时，男方家又从家族人员中派出两位精明能干的娶亲男性（新郎不能来），又带上比白天更多的零钱、绣花针及给新娘的纱巾一条，耳坠一副，赎衣一件（一般为女式长袍），木梳一把，马灯、铜锣、伏茶等物前往女方家迎娶新娘。这里再解释一下，所带零钱和绣花针与白天的用途一样；纱巾、耳坠、赎衣新娘可不用，但一到男方家时又有女宾专门唱“揭盖头歌”，并分三次，用两根猪肋条和两个馒头，两杯酒分别将纱巾、赎衣和耳环等赎回，所以这些都是必备之物，缺一不可；马灯用来路途照明，现有车灯基本不用，但还是备；铜锣，是在迎亲途中和到达男方家时要敲；伏茶等意为女方家嫁女儿贺喜。

娶亲的人到达女方家时，同样要经历堵门唱骂的过程，等他们坐稳，晚上因为全村庄人基本都要过来给新娘送行，人往往比白天更多，所以晚上的节目也是更加丰富多彩。

再看看对这俩娶亲人的骂词，假如新郎叫张三，则：

“张三的这两个阿爸，

眼睛像小豆，
鼻子像烟囱，
嘴巴像两张拼着的簸箕，
你们两个到我们大户某家的门上干什么来了？
是因为人才好，夸来了？
是没人吃，让你们吃来了？
还是没人喝，让你们喝来了？
像你俩这样的小人物，
你们村庄上也许少，
但我们大户某家的村庄上比羊粪蛋还多，
扫把拿来扫出去，
铁锹拿来扬出去，
推耙拿来推出去。”

土族“骂媒”，其实不单骂媒人、来娶亲的人，不能到场的男方家与新郎家较亲的同姓族人，也有可能会成为被骂的对象，甚至可以指名道姓地骂其中某个人(新郎及其父母一般不骂)。按当地的说法，骂媒的声音大，仗势强，嫁出去的女孩在婆家的地位就高。同时，土族姑娘出嫁时新娘还要“哭嫁”，若没有像样的唱骂，那就只剩“哭嫁”难免有点伤心。所以，新娘及来宾各司其职，哭的哭，骂的骂，唱的唱，气氛才热闹喜庆。

如果上面这样的骂词尚轻，接下来的骂词还是很有“份量”。好玩的来了，既然要指名道姓的骂，就得知道对方的姓名。对此，在场的女宾们会向东家及身边人互相打听，有说的，也有不说的。但一般来说前来娶亲的两人及他妻子的名字是跑不了，譬如来娶亲的人名叫张三，他妻子叫李某，那这骂词就是：

“张三的外表很机灵，
外面耍的是官牌子，
回家却是个惊慌的小老鼠，
他的李某阿娜(妈妈)喊一声时，
三魂七魄都丢失了，
老鼠洞都找不见了。”

哈哈，没错，就是把他妻子冠成他的妈妈，以此取笑他外面人模人样，回家小心谨慎没有人样。

“张三挑来挑去也没找到一个好阿娜(实指他妻子)，
得到的阿娜是捡牛粪捡黑了的阿娜，
得到的阿娜是捡羊粪晒焦了的阿娜，
他的那个李某阿娜高里有三尺宽里有一丈，
单扇门里容不下，
双扇门里闪颠颠(人太肥走路难看的样子)。”

骂媒一般都是从窗户里对着炕上的媒人和娶亲人骂，但轮到表演别的节目，或唱其他婚礼歌时，都是在大房炕下的客厅部分里(土语叫“苦叫儿”)。这时，表演节目、或唱婚礼歌的女宾们手上大都有工具，譬如唱《切馒头》《切西瓜》等时会在托盘上放馒头、瓜子等物，唱《阿娜的样子》等时有人会拿拐棍或擀面杖，这时的娶亲人就要小心了，人家快唱完时最好主动掏腰包，否则不仅像前面一样开骂，而且手上的工具就立即变成“武器”，就往你的头上敲过来——当然不会真打，旁边会有人帮忙挡着，但这架势必须要有，媒人和娶亲人还不能生气。

在女宾们的唱骂中，娶亲人如果装聋作哑要赖，这难听的骂词又来咧：

“是猪也该拱地了，

是狗也该汪汪了，

是聋子也该听见了，

是哑巴也该说话了，

骂的规矩是释迦佛爷留下的，

骂的规矩是公共把式留下的，

你们两个看起来很机灵，

但礼仪规矩怎么一点都不懂，

给大户某家的本家太爷们抓盅敬酒的怎么不知道？

给大户某家的尼相阿姑们抓盅敬酒的怎么不知道？”

女儿出嫁的当晚，女方家由女宾们不断地进行各种唱骂，期间也会由男宾们唱“道拉”（另一种婚礼歌，专由男性演唱）。直到新娘快要“上马”（出发前往男方家，一般都是在天亮之前的凌晨某时刻）前，女宾们唱最后一道压阵收场的《转灯歌》，唱骂才告结束。《转灯歌》，也即新娘出嫁时的引路灯，届时在翻起来的四方小桌上，用白面做五盏灯点上分别放在四方桌的四个脚和正中，由数个女宾抬着桌子边转圈边唱：

天上的星星亮晶晶

地下的桌上五盏灯

梅娘娘留下的灯经城

上首里做的上观音

下首里做的转灯人

门背后站的添油点灯的人

第一盏灯是玉皇老爷的灯

第二盏灯是地藏王菩萨的灯

第三盏灯是灶君娘娘的灯

第四盏灯是门神老爷的灯

第五盏灯是阿姑女儿上马后引路的灯

拿来我的灯油钱

拿来我的棉花钱

随即唱《转灯歌》的人抬起桌子再向娶亲人开骂，等拿到针和钱后退去，就此女方家当晚的所有歌舞结束，娶亲人、新娘及送亲的人们也该准备动身了。

附注：部分参考《三川土族民俗文化大观》（徐秀福著）。

于 2018 年 1 月

（本文曾发表于《中国土族》杂志）

《尚当起啦》：专属土族新娘的迎接礼

三川土族婚礼歌曲目繁多，又按规定的仪式逐一上演，繁而不乱，应了那句“到什么山上唱什么歌”。土族新娘一般是在凌晨抹黑迎进家门，至于为什么深夜娶亲，那是婚俗专家们该研究的对象了。本文就土族传统婚礼中新娘的迎接仪式及迎接歌曲，作一简单介绍。

在“库润”这一天的凌晨天还未亮的某个吉时，新娘在最后的哭嫁中告别了亲人，在送亲人员和娶亲人的相伴下来到新郎的村庄。土族新娘并不是直接进新郎家门，而是一般“下马”（新娘到达）在离新郎家最近的一个十字路口。这时，等候新娘的新郎和家里的女眷们早早在十字路口燃起了一堆大火，准备好一个装好各样粮食的“升子”（斗形器皿），粮食里面埋有小红包（新娘坐下时挖去红包）。新娘等到达时，之前的娶亲人会下车敲响铜锣，迎接人员放响鞭炮、放响烟花，新娘的娘家送亲人员这时慢慢把新娘从车里抬下绕火堆转一圈后让新娘坐到“升子”上，谓之“坐凳”。紧接着就是“梳头”仪式：提前请阴阳先生按生辰八字算好、并请好的贵人，拿一把梳子在新娘的头上梳三下，口中念到：

一梳着金来！

二梳着银来！

三梳着儿女的姻缘来！

就在新娘刚刚下马（下车）的时分起，早就等候着的女眷们开始大声唱起了《尚当起啦》——属于土族新娘的专属迎接曲：

史娜姑[1]的巴央[2]尚当起啦吆

在你大户某家[3]的贵土上上马

在我小户某家的贱土上下马

下马了坐凳

坐凳了梳头

梳头了冠戴

大户某家金子架上的锦鸡

请到我小户某家的银子架上

从大户某家的后花园起了一棵松柏树

在我小户某家的前花园中栽了一对松柏树

愿松柏树根子扎在万丈深

愿松柏树枝子长得满天荫

愿松柏树叶子长进八宝山

《尚当起啦》的演唱语言基本是汉语夹杂土语。在新娘的梳头仪式完毕后，由娘家人继续抬着走向新郎家，之前唱“尚当起啦”的女眷们这时边唱歌边在前面引路，一直到把新娘抬进洞房。而此时，新郎的任务则是把之前新娘坐过的装满粮食的“升

① 史娜姑：土族语对已婚女性的称呼，相当于汉语的“媳妇”。“史尼史娜姑”，就是新娘子。但是对“妻子”的称呼，却是“别日”，外地人不熟悉的小心误用。

② 巴央：土族语即富裕的意思。

③ 大户某家：三川土族特别讲究礼仪，“大户某家”是对别人的尊称，与此同时自己一方则谦称“小户某家”。

子”抬回家拿进洞房。

新娘被娘家人抬进洞房后，之前唱《尚当起啦》的女眷们，紧接着在一个托盘上分别放上两根煮熟的猪肋条、几个馒头、两杯酒，分三次到新娘房间唱《揭盖头歌》：

史娜姑的巴央盖头揭起来

揭下的盖头交给把库奶奶[1]

把库奶奶交给东家阿姨[2]

东家阿姨压到巴央库房

愿巴央库房越来越富裕

边唱边把托盘里的猪肋条、馒头等放到桌子上，这时新娘的“送亲阿姑”[3]把之前娶亲人拿来的纱巾、耳环、长袍也分三次退还给前来唱歌的人，揭盖头仪式就算完成（并非真的揭开新娘的盖头）。

《尚当起啦》在简单的歌词中，把新娘比作“大户某家后花园中的松柏树”，“金子架上的锦鸡”，显示着新娘在娘家是多么的金贵。“我小户某家的前花园中栽了一对松柏树”，不仅巧妙地阐释了新娘从娘家到夫家地位身份的变化，而且蕴含了对一对新人的美好祝愿，希望他们从此在夫家彼此相依开枝散叶，美好的婚姻生活像冬夏长青的松柏树一样根深叶茂。新娘的“盖头”，被当做珍贵的财宝压到库房，也预示伴随着新娘的到来，新郎家的财富也随之而到，表达了进人进财的美好期盼。

---

[1] 把库奶奶：婚礼操办人员中专职管馍馍房的人，女性。

[2] 东家阿姨：此处指新娘的婆婆。

[3] “送亲阿姑”：三川土族婚礼中从新娘离开娘家的这一刻起，一直有两名专职的成年女性24小时陪护，一般是新娘的姑姑或姐姐等人，一直到婚礼结束“回门”。这两名人员就叫“送亲阿姑”。所以，新郎新娘的圆房，是在三天“回门”结束后。

《思布尔乌拉》感怀

青海省三川一带的土族，基本掌握两种语言，即土族语和汉语，婚礼歌中的一部分是汉语演唱，一部分是土语演唱。《思布尔乌拉》是女方家嫁女儿的当天和晚间所唱的歌曲之一，全部用纯土语演唱，是为数不多的纯土语歌曲之一。乌拉，在土语中是“山”的意思，“思布尔”大概是这座山的名称吧。歌词翻译成汉语如下：

思布尔乌拉吆
头上顶着蓝色的天空
额头罩着红色的佛光[1]
思布尔乌拉吆
眼前闪耀阳世的光辉
耳边掠过世界的声音
思布尔乌拉吆
鼻下飘荡五谷的馨香
嘴里咀嚼着十二样的粮食
思布尔乌拉吆

---

[1]徐秀福著，《三川土族民俗文化大观》，青海民族出版社，2014年11月，第一版。

颈项佩戴瓒丹[1]的佛珠
肩膀挑着松木的水担
思布尔乌拉呦
怀里拥抱温暖的太阳
背上驮着明亮的月光
思布尔乌拉呦
膝里置着银质的膝盖骨[2]
脚下踩着神州吉祥的土地[3]
思布尔乌拉呦
愿富贵长流永世流芳

整体上，为了文学表达的美观，与实际听到的歌曲或有些许出入，也望读者谅解。从歌词中出现的神佛、佛珠等词可以看出这首歌的形成应该是在佛教传入三川地区以后的事。据目前土族族源较有力的吐谷浑说，公元663年吐谷浑汗国被当时的吐蕃吞并，受吐蕃统治，此时藏传佛教正处于前弘期，可能就此传入三川。至于汉传佛教进入三川，似乎更早，据《土族简史》记载"'吐谷浑'国中有佛法"。

多么美丽的一座山啊！顶天立地、昂首挺立于宇宙之间，用

[1] "瓒丹的佛珠"，可直译为"瓒丹的嘛呢"。据了解有种瓒丹木，类似菩提树。《土族民俗文化大观》(徐秀福著)中译为"赞拓木"。"嘛呢"在土语中有两种解释，一为佛珠，二为嘛呢经，此处译为"佛珠"。

[2] "膝盖骨"这一词语的土语表述实在古老，作为在三川长大的笔者竟然完全听不懂。经过对老者咨询，解释为"膝盖上目前医院里可以更换的那块骨头(关节)"，所以直接应用徐秀福老先生文中的"膝盖骨"。

[3] "神州吉祥的土地"，原歌词直译为"藏土帝帝的土地"，帝帝在土语中是"爷爷"的意思，但"藏土"实在不明白指的是什么。也直接应用徐秀福老先生的"神州吉祥的土地"感觉更为妥当(至此，不得不佩服徐秀福老先生，他真是一位非常严谨博学的学者)。

灵动的五官感受着人间的喜怒哀乐，倾听着尘世的悲欢离合，传递着一个民族古老又遥远的记忆！

是哪座山？如此光明如此温暖！五谷的馨香弥漫你，吉祥的佛光照耀你，长久的富贵围绕你！是哪座山，如此高大如此神圣！汇聚了日月星辰的光辉，收集了珍木奇树的香氛，享受着十二样粮食的精华！是哪座山，寄托着美丽的期望，伴着一个民族，从遥远走向遥远，从古老走向古老，从美好走向美好……

蓝天悠悠，麦浪滚滚，鸟语花香，这不正是美丽的家乡三川吗？这不正是我们祖祖辈辈生活的土地吗？思布尔乌拉啊，你不就在我们身边吗？美丽的歌谣，打开古老的经卷。纵然祖先已经远去，但你们留下的语言、词汇、美丽的旋律伴着这厚重的土地，永远陪伴着后人们，丰富着后人的精神，充实着后人的灵魂。正是有了你们这样的陪伴，我们从不孤独、也从不迷茫！

也正因为这样的深情厚谊，一首歌，历经历史的沧桑与厚重，却在姑娘出嫁的时候被不断地重复传唱。一辈又一辈的传唱中，一些词汇哪怕已经陌生，却以原汁原味的古老语言传递着一个民族的遥远信息，陪伴着土族儿女的成长、生活。思布尔乌拉啊，虽然不知道你到底是哪座山，但你在土族儿女心目中是那座最美的山，最亲密的山，最有灵性的山！思布尔乌拉啊，你就是故乡的缩影，家园的代表！不管身处哪里，一声悠长动人的“思布尔乌拉”，就轻易把乡愁点燃，把心灵融化，“娶儿嫁女满堂红”——那热闹的婚礼场面，更是每一个土族儿女走到哪里也割舍不了的情缘……

没有选择的选择

——小说《摆渡人》读后感

《摆渡人》是英国作家克莱尔·麦克福尔的一部小说，讲述的是十五岁少女迪伦在一次火车灾害事故中不幸遇难死亡之后，与灵魂摆渡人崔斯坦之间发生的故事。小说直面死亡，以死亡之后灵魂所遇见种种匪夷所思的境遇，再次叩问人生：如果你还有能够选择的机会，你将如何选择？

小说的情节描写现实又诡异，残酷又温暖，一切似乎太过艰难、不可思议又顺利成章。综观全书，实是以小说的形态，向人类向广大读者提出、并回答了三个非常现实的问题：

其一，如果有机会遇见，是选择爱，还是不爱？尚未来得及恋爱的15岁少女迪伦在事故中成为唯一的死亡者，当她慢慢地爱上有点像梦中遇见的温暖男孩般的崔斯坦——那个比她高、长相帅气但一脸冷漠、内敛的小伙子，她的灵魂摆渡人（救助者）时，才明白自己已经死去。而所谓的摆渡人，眼前唯一的伙伴，崔斯坦，却是一个不生不死、无痛无悲，不知从何处来、也不知向何处去的“一束光”而已。他们明知相爱没有结局。他们的陪伴，仅仅是因为她是他的摆渡任务，只要把她带出死亡荒原，此外的一切都不是他们所能决定的。即便是这样的现实，迪伦还是热烈地爱了，而崔斯坦也破天荒第一次大胆地爱了，像个人那样。明知不可为而为之，这是第一个艰难的选择。爱情的洪荒之力初泄，逐渐淹没了死亡的悲哀和恐惧，让诡异惊悚的亡灵之路显现了人性的温暖，这样的不归旅途，对迪伦来说反过来是美好的，这真是小说的起伏跌宕之处。

其二，若有机会选择，是选择墨守成规一条道走下去，还是打破常规，勇敢做自己想做的？在荒原上，崔斯坦不止一次地告诉迪伦，出去了的人没有人再回来过，从来没有人再次出现在荒原。而历经千辛万苦走出荒原后的迪伦发现崔斯坦没有如约跟来时，唯一的想法和目的就是再退回荒原。经过耐心的询问和求教，迪伦终于找到了再次回到荒原、回到崔斯坦身边的办法，尽管这办法只是一种传说，从来没有哪个人经过亲身体验，而且一不小心自己将灰飞烟灭。而如果忘掉崔斯坦按既定的命运走下去，迪伦有可能再次转世为人，也可能有别的未知命运。这是一个艰难的选择，好不容易走出充满魔鬼的荒原已经是一种幸运，为了所爱的人再次退回荒原，再次把自己置身恐惧和危险，而且是独自面对这一切又该是多么艰难。但答案是迪伦还是这么做了，没有爱人在身边，前方再美好也没有意义。已经被命运无情地剥夺了一次宝贵的生命，既然还能选择，哪怕希望渺茫，哪怕那是没有选择的选择，也要做自己想做的，这就是本书想告诉大家的观点。打破常规，勇敢做自己想做的，结局不一定都是糟糕的。

其三，关于爱情的阐述：爱是一种拯救，会让人发生质的变化。于迪伦，还是崔斯坦，在伟大爱情光辉的照耀下，两个人的生命都发生了不可思议的变化。千千万万年来不知自己是谁，无生无死，只有一个接一个摆渡任务的崔斯坦——“一束光”，最终在爱情的滋润下变成有血有肉，有痛有痒的肉身，成为了真正的人。于他而言，爱人的出现，何尝不是他自身的摆渡成功！只有迪伦，千千万万人中只有她，让他不可思议地爱上了，还由此摆脱了千百年来重复单调枯燥麻木的生活。而于迪伦，正好是崔斯坦，因为是他，进而使她在千万劫难中勇敢地选择爱他，追随他，为了他不惜粉身碎骨、灰飞烟灭，置之死地而后生——爱情的力量，最终使她再次穿越死亡荒原，返回漆黑不见一丝亮光的隧道，找回自己的尸首，复活了。

《摆渡人》在阅读之初有悬念、有恐惧，但读到后面就只有温暖。每一本书都有它想要表达的主题和灵魂，此书看似只是一个诡异的故事，实则是直击灵魂，叩问人生，让人充满了思考。同时，这也是一部震撼人心的爱情小说，正如一句话所说：和有情人做快乐事，莫问是劫是缘。爱情是美好的，爱情的力量是伟大的，有幸活着的人们，又有什么理由不去好好享受爱情的美好呢？

于 2018 年 7 月

一场美丽的忧伤

——评《藏婚》

最近看了藏族女作家多吉卓嘎（笔名羽芊）的小说《藏婚》，思绪久久不能平静。小说以第一人称“我”的方式细腻地描写了卓嘎、好好两个不同背景、不同生活方式女人与康巴汉子嘉措的爱情纠葛，以独特的方式展现了藏东一妻多夫制婚姻方式，同时描绘了“藏漂”一族的生活。

书中描写情欲部分挺多。好好这个“藏漂”女子，她因享受拉萨的阳光和自由不愿从西藏离去，同时也在拉萨的酒吧、咖啡屋、酒精中不断堕落，不停地在嘉措、卓一航、明等男人之间纠缠。卓嘎这个原始牧场上带着野性与阳光的女子，传承千年习俗，在自己不知情的情况下被订婚，并突然远离家乡，同时嫁给嘉措、扎西兄弟为妻。书中每个主人公的命运都充满了太多的无奈，太多的忧伤。

首先，书中关于“藏漂”及大部分西藏生活的描写感觉是真实的。“藏漂”这个词，实实在在地存在。作为在西藏生活了十余年的感受，“藏漂”一族，不仅有像“好好”这样的白领，有卓一航这样的有产者，更有随便开个什么店，或者随便找个地儿打工的很多外地人。他们有个共同的特点，就是喜欢西藏，热爱西藏，一旦踏上这片土地，钱多钱少都不愿离去，生活是富是贫都久久不愿离去。不仅是拉萨，整个西藏就是一个特别有包容性的地方。在这里，你身价上亿不觉得多富有，乞讨生活亦不觉得有多贫苦；穿金戴银不觉得多奢华，布衣烂衫不觉得有多失态；看看大昭寺前一个个顶礼膜拜的人们，看看一杯酥油茶一杯青稞酒就满足而欢乐的人民，你会发现，这里有着比物质更重要、更值得追求的东西。西藏，这块神秘的土地，她对外界本质上的吸引力，不是物质，而是人人都追求，却不容易得到的心灵的平静和归属，是追求物质而被压垮、被忽略了的精神上的安息和满足。

但书中仍然充满了物质与精神之间的矛盾。尤其是卓嘎，在传承上千年的习俗，成为嘉措、扎西、朗杰、边玛、宇琼五兄弟共同的妻子时，被现实一次次打击了的爱情，再次变得苍白无力、无处遁形。如果可以，她只想做既是大哥、也是家长的嘉措的女人，只感受他的气息、他的霸道、他的温柔。或者说，做那个老老实实、把什么感情都隐藏起来，却爱她超过爱自己的扎西的女人也不错。如果说，成为嘉措和扎西的妻子，是卓嘎无奈中一种幸福的被动和同意，那么后来三兄弟逐渐地“加入”她丈夫的行列，却是彻底的无奈、无助、彻底的服从民族和命运的安排。而安排这一切的，却是一句简单的“民族习俗”和这种习俗下“家庭富裕的目的”！当多少人糟蹋了爱情和“一夫一妻”制，多少人厌倦了物质带来的空虚而自愿成为“藏漂”追求那份精神安慰时，原始牧场上的康巴人嘉措一家对爱情与“一夫一妻”却是那么的可望而不可及，尤其是通过“一妻多夫”这种方式传承民族的习俗和追求物质的富裕，就像一个枷锁，牢牢地锁住了他前进的步伐，使他不得不屈服于现实和命运。

作为在拉萨经商、见过世面的家长嘉措，他在作为妻子的卓嘎与作为情人的好好之间徘徊着，也在民族习俗、家庭责任与他向往的爱情间挣扎着，这种挣扎充满了伤心的痛。他爱卓嘎，但命运注定他爱的女人必须与四兄弟一起分享，这是一种痛。他爱好好，但最终发现好好与听闻中的“汉族女人从一而终”大相径庭是一种痛，而最终发现她爱自己，跑到他老家去找他，他却因为责任不能离开时也是一种痛。甚至，五兄弟依然还爱着“魔女”卓嘎，但因为卓嘎不能生育，他们被迫另娶，卓嘎被迫去闭关修行时，更是一种无言的、向习俗和命运屈服低头的痛。作为卓嘎，她的痛在于对自己的身体和命运都没有任何的主宰权。以世俗的眼光看，她是夜夜承欢，五个男人围着她转，够幸福的了。但对于她，突然之间嫁给不认识的人，小心地照顾着每一个丈夫的感受，而因为自己不能生育，丈夫的父母准备给他们再娶时，她被迫独自上山修行。这种痛，悲哀得连抗拒的力量都没有。

书的结局还算好。好好这个美丽的“藏漂”，越是想找寻自己需要的生活，却越是在不同的男人间堕落。她需要的，其实是一个童话和幻想中的完美男人，那个男人应该有嘉措的粗犷霸道和彪悍，有卓一航的多金儒雅和温柔，有明的任劳任怨和贴心，甚至有某个帅哥的年轻和活力，那样一个男人在现实中是不存在的。经过数个男人间的纠葛，经过酒精的次次麻醉和洗礼，最终的好好，怀着嘉措的孩子却不让他知道有这么个生命。悄悄地生下孩子，悄悄地送到卓嘎面前，让她圆了做母亲的梦，也让自己有了赎罪的机会。原本，或者并不存在可赎之罪。但她需要这样一个脱胎换骨的机会，然后彻底告别早已消失尚恋恋不舍的青春，告别梦想中的“王子”，屈服于命运和现实，回到那个无趣的男人身边生儿育女相夫教子，回归大都市中那个和别人没有两样的没劲的生活。其实,很多人都年轻过,疯狂过,但终有尘埃落定的一天,这就叫成熟。

因为爱,因为挣扎,嘉措五兄弟最终有了卓嘎、央宗两个妻子。一个在老家与在家的兄弟一起放牧,赡养老人,传承草原的生活。一个在拉萨,照顾在外打拼的兄弟们的生活起居,追赶着时代的步伐。五个兄弟、两个妻子,既保留了属于自己的草原和牧场,又从城市赚回了更多的金钱。所有的财富都集中在一家,少了很多的浪费,也没有世俗的财产争执。在一起时,自觉地遵守着老大老二按顺序轮流到妻子房中的规矩, 所有的孩子都只会叫作为家长的嘉措为爸爸,其余全是叔叔。家庭的稳固,似乎更加强了。谁说爱情只能是一生一世一对?谁说一夫一妻制是最合理的婚姻呢?

《藏婚》中的一妻多夫制,还有一夫多妻制在西藏早就听说过,只是相关的详细介绍和描写,还是从这本书上第一次看到。看完全书,一种淡淡的忧伤,一种美丽的忧伤萦绕心头久久难以挥去。爱情,在现实面前,往往是苍白无力的。生活,是多姿多彩的,同时也是伴着忧伤和阵痛的。西藏的神秘和魅力,不是简单的语言和肤浅的眼光能说得清看得透的。

信仰是人生的钢铁铠甲

——读小说《红岩》的启示

生活在和平年代，感受着社会生活的日益发展变化和伟大祖国的蒸蒸日上，小时候曾经体验过的那点艰难困苦渐渐淡去，英雄的故事听多了，也就变得平淡。就在这么平静而祥和的日子里，我打开了《红岩》，走进了革命先烈曾经抛头颅洒热血，在烈火地狱中战斗和较量的故事，走近了他们曾经惊心动魄的斗争与那段不能忘却的历史……

《红岩》是一部描述重庆解放前夕，我地下党与国民党反动派军统特务机构斗智斗勇，为保护重庆这座城市的完整和早日解放而开展斗争的历史纪实题材小说。作者是国民党集中营的幸存者罗广斌、杨益言。全文通过许云峰、江姐(江雪琴)、成刚、刘思杨等共产党人在被叛徒莆志高出卖被捕后，在特务的百般虐待凌辱下仍坚守一个共产党员的高尚品格，严格保守党的秘密、勇于自我牺牲，在渣滓洞、白公馆秘密集中营与敌人继续开展斗争的故事，充分展现了国民党反动派的法西斯统治，对政治犯的非人迫害，和其在大陆覆灭前的疯狂举动。作为一部优秀的红色主题小说，本书对广大党员及青年一代有着极其深刻的现实教育意义，是不可不读的红色经典图书。全文贯穿着鲜明的主题——共产主义信仰，这是文中每一个英雄人物的钢铁铠甲，也是让他们斗争到最后一刻的无形武器！

文中的许云峰和江姐，作为重庆地下党的重要负责人，掌握着大量党的机密。反动特务为了从他们口中得知我地下党组织的秘密，可谓是绞尽脑汁用尽手段，毒打、酷刑、凌辱、饥饿、笼络诱惑，种种策略之下，他们依然坚如磐石，回答只有一句："上级的姓名住址我知道，下级的姓名住址我也知道，但你们休想得到一个字！"他们在生死攸关之际，以钢铁般的意志忍受敌人魔鬼般的折磨和摧残，而没有吐露一个字！这种高尚的品格，闪耀着共产党人宁死不屈的革命大无畏精神，让人感动、震撼！被捕之前，面对即将而来的危险，他们想到的不是个人安危，而是党组织和其他同志的安危，第一时间让同志撤退转移，把安全留给他人。在渣滓洞，许云峰是被特务百般虐待失败后用担架遍体鲜血抬着进来的，沉重的镣铐当啷作响，担架上的人却无声无息……正当渣滓洞的同志们焦急地观察他房间的动静，担心他的生死安危时，有一天，响亮的镣铐声带着特殊的金属撞击声响起来，被抬进来的人终于起来活动了！这时，谁都没想到的是，接下来一声雄壮低沉的男声国际歌，从许云峰，这个刚在阎王殿里走了一遭的人的牢房里怒吼而出：

"起来！饥寒交迫的奴隶！

起来！全世界受苦的人们！

满腔的热血已经沸腾

……"

整个渣滓洞的人，都被这激昂的歌声感染，大家全体一致合着节奏唱起来，愤慨激昂的《国际歌》冲破高墙电网的渣滓洞冲向云霄，让反动特务感到恐惧和心慌！

在国民党的白色恐怖下，一旦被捕，曾经职务越高意味着受到的虐待和迫害就会越深，许云峰、江姐，都是如此。国民党反动派在大溃败之前，甚至丧心病狂地对一直秘密羁押在集中营的杨虎城将军及其秘书一家下手，年仅八九岁可爱的“小萝卜头”也没能逃脱魔掌被他们杀害。在转移到白公馆监狱时，许云峰被拘押在丝毫不见阳光，阴暗、潮湿、窄小无法站起来的一间地窖里，就是在这样非人的处境下，他仍然没有忘记战斗，利用几乎与世隔绝的条件，悄悄用手指和镣铐在牢房里开辟挖掘了一条秘密通道，为全体同志的最后越狱提供了条件。而他本人及成刚、江姐等，在敌人最后失败溃逃之前，抢先动手被屠杀，满腹悲愤地倒在了黎明前的黑暗中。共产主义必胜的坚定理想信念，似乎让他们穿上了一件无所畏惧的钢铁铠甲，自始至终都毫无畏惧、正气凛然、慷慨激昂！

文中，每一个共产党员都随时面临着各种严酷的战斗和考验。国民党反动派对资产阶级家庭出生的刘思杨再三地拉拢诱惑，采取百般软化的计策。对此，刘思杨的回答同样深刻：“在大学里，我学完了各种政治经济学说。最后，才从唯物主义哲学、《资本论》和人类社会发展的规律中找到了这个真理，只有无产阶级是最有前途的革命阶级，只有他能给全人类带来彻底解放和世界大同！”1948 年底，眼看难逃失败的命运，国民党提出了第二次国共和谈，并暂时释放了出生于资产阶级家庭的共产党员刘思杨，企图造成政治犯已被释放的假想。刘思杨一到家中，不仅立即被特务监视软禁，甚至还有人冒充地下党来和他接头，试图获取渣滓洞中地下党的情况。在危机时刻，刘思杨通过敏锐的直觉和仔细的甄别，识别出了他是敌人派来的特务，机智应对，确保了党的秘密和安全。

文中还有一个典型的反面人物，就是叛徒莆志高。起初他为了捞取政治资本，不惜违反地下工作的原则，私自扩大准备作为秘密联络点的书店，私自插手学生运动，看似工作特别积极的背后是一系列的私心和个人打算。而一旦被捕，他立刻接受反动特务的拉拢诱惑，把认识的所有共产党员都一一出卖，直接导致许云峰、成刚、江姐、刘思杨等数人的被捕。在革命战争年代，没有坚定信念的人，就像一颗定时炸弹，随时都会给身边的人带来危险和流血牺牲。最后，他死在我方游击队双枪老太婆的手下，也是死有余辜。叛徒莆志高给我们的反面教训，就是个人私欲太重的人，始终是个危险分子，不管什么年代。

书到最后，一直在监狱暗中准备的里应外合越狱计划，最后关头却因为敌人的换防，突然和外面的地下党、游击队失去了联系，完全陷入了孤军奋战的局面。国民党反动派在最后的大逃亡之前，对许云峰、江姐、成刚等重要人物提前秘密杀害的基础上，于 1949 年 11 月 27 日（11.27 惨案），又调集了大批人员，对集中营的同志准备采取集中屠杀，惨无人道丧失人性的丑恶面目触目惊心，不忍直视！而就在这时，听着远处越来越近的炮声，和观察到的监狱异常情况，越狱计划果断启动，渣滓洞、白公馆两处监狱同时暴动，暴动的人员和前来屠杀他们的队伍不幸直接遭遇，多少人，就此含恨倒在了伟大的新中国已经成立，而重庆即将解放的，黎明前的最黑暗时刻……

本书惨痛、悲壮的结局，告诉我们新中国是多么来之不易，五星红旗、党旗之所以鲜红，那是多少革命先烈用生命和鲜血换来的，也是用他们钢铁般的意志和共产主义必胜的信念换来的，我们要敬仰、要敬畏。对于今天的幸福生活要珍爱、要珍惜，更要不忘历史，铭记曾经无数人为了解放、为了新中国所做出的牺牲和付出。我一直在想，监狱里的那么多人，在生与死的考验中，他们只要开口告诉敌人他们想知道的，就可能会活下来，但是他们无一例外的都选择了缄默，选择了坚持，也选择了死亡，用自己年轻鲜活的生命和鲜血，实现了对党忠诚，永不叛党的誓言，阐释了“竹签子是竹做的，共产党员的意志是用钢铁铸成的”这种震撼人心的坚强和不屈！阐释了对共产主义信仰的无比坚定和至死追求！

不忘初心，牢记使命，为了共产主义信仰而奋斗，是光荣的，也是艰辛的。我们作为新时代的主人，作为伟大的共产主义事业接班人，更要时刻牢记使命，不忘初心，沿着革命先辈的光荣足迹迎难而上，砥砺前行，让自己的青春和人生在为中国人民谋幸福、为中华民族谋复兴的初心中，释放最大的光和热，在为人类的进步和发展中释放最大的正能量，做出最大的贡献！

以上，就是红色经典书籍《红岩》给我的启示。

于 2019 年 7 月

“世界以痛吻我，要我报之以歌”

——读余华小说《活着》有感

关于这本书，是先闻其声斐然，再见其书惊心。篇幅不长，买回来后一个晚上就读完了。作为小说，尤其是作为反映中国特定时代背景和社会环境的小说，书中充满了时代的苦难，生活的疼痛。于文中的主人公福贵来说，他的人生充满了接二连三的伤痛和悲剧，在外人看来可以说是一塌糊涂，比《悲惨世界》中的主人公还要悲惨。但就是在命运这样的不公、这样的戏弄下，作为当事人的福贵既没有抱怨社会的愚昧可笑，也没有抱怨命运的不公，一而再、再而三的伤痛之后，仍能淡然面对生活，甚至还有一丝幸福的闪光。

文中，福贵的一生充满了戏剧般的起伏跌宕、悲喜交集。年轻时，作为地主的儿子，他先是浪荡不羁，长卧妓院，进而赌光了家产。在主宾颠倒、自己反成地主的佃户，正在吃苦耐劳重新开始打拼时，稀里糊涂成为了国民党的壮丁，还算幸运，从莫名其妙的战场上捡回了一条命。接下来赶上人民公社，眼睁睁看着自己买回来的两只羊，被他的儿子有庆视作生命一样爱护饲养的羊，被生产队充公，接着砸锅炼钢、挨饥荒。这些都不算什么，只要有口气在，生活就会慢慢有起色，有亮点。一双儿女渐渐长大，女儿凤霞虽然因病成了聋哑人，却长相秀丽肯吃苦，是家里的好劳力好帮手。在艰苦的日子中咬紧牙关让儿子有庆上学，成为读书人，寄托着一家人的希望。如果剧情按常理发展，这或者是个不错的励志故事，起码将来或许还可成为忆苦思甜的典范。可是没有，希望越大、失望越大，有庆遭遇横祸，在为县长的老婆难产输血时，被愚昧的医生抽血过量当场死在医院。最优秀的孩子，成了最不应该的牺牲品。得知消息的福贵勃然大怒，正拼命要杀了那个医生时，县长出现了，却是他在战场上走丢不知死活的伙伴春生。此刻，失去儿子的痛、重逢友人的喜，老泪纵横之际，再也无法对县长——曾经的战友过多地抱怨什么了，一句"你欠我一条命"也说的无足轻重。

儿子有庆的死让他痛彻心扉，但生活还得继续。随着年龄的增长，他开始给聋哑女儿凤霞张罗婚姻。在县城干活的扁头二喜，最后笑嘻嘻地成了他的女婿，女儿俩口子的幸福生活给他们一家再次带来了明亮的光辉。可是，好景不长，凤霞在生产时留下一个男孩后不幸失血过多又死在了有庆曾经死去的那家医院，紧接着老婆家珍病逝，二喜在外孙几岁时不幸工伤死去，甚至最后连可怜的外孙苦根，也因吃豆过量胀死……最痛莫过于失去至亲之痛，福贵的命运中，遭遇了一连串的变故，亲人眼睁睁的一个一个离去，他亲手掩埋了每一个亲人，最后只剩他一个孤家老头留存于世继续惨淡的人生。如此的命运捉弄中，死变得太过容易和简单，而"活着"才需要勇气！为什么活着？为谁活着？活着的意义在哪里？他没有疑问，没有思考，似乎只要不死，那就活着吧。

即便这样，回首往事的叙述中，福贵没有任何抱怨，没有任何对社会、生活、命运的丝毫痛恨责骂，甚至在他看来，他的人生依然是幸福的。在他眼中,不管自己怎么混蛋,但他老婆家珍永远是世上最好的女人,不管穷富好赖都死心塌地的一生追随他,这是幸福的;他的父亲,在他败完家产后难免大发雷霆,但雷霆之后亲自抵押变卖家产,“赌债也是债”,让他双肩挑着一担一担的铜钱去上门还债,这种行为透着做人的骨气和傲气,于这点上,他是根本没败过;他的母亲,一生过的是地主婆的生活,何曾吃过半点苦,但在生活变故后晚年随着败家儿子挖野菜住草屋,毫无怨言的包容他,于他,这也是幸福;更不用说他的一双儿女、女婿及有过短暂生命的外孙是多么可爱多么懂事了。灾难频频而来,但灾难之外一家人同舟共济相亲相爱、不离不弃,这才是福贵悲惨命运中幸福的闪光点,是他回首往事时依然感觉幸福的根本原因。社会背景和命运似乎被忽略,亲人,是他苦难的直接表现,也是让他感到幸福的根源!

到最后,孤苦伶仃的他,买回来一头和他一样年老的牛,独自耕种生活。他给牛取名也是“福贵”,和牛说话,假想老婆家珍、儿子有庆、女儿凤霞、女婿二喜、及外孙苦根都是一头牛,都在陪着他耕田,他的思想和生活里,一家人依然在一起,依然都在陪着他!而他,也并不孤单!亲情的伟大及可贵,让他虽败犹荣,亲人虽死犹生!

看完此书,想起泰戈尔的一句诗“世界以其痛苦亲吻我的灵魂,要求我报之以歌唱”。无论再苦再难,不悲观、不消极、不失望,淡然接收生活赐予的一切,也许这才是“活着”的意义吧。社会、环境、命运,很多时候是无法选择的,但我们可以选择面对的态度,或者这也是“活着”的意义。全书以第一人称“我”讲述福贵的一生,读起来真实感十足。许是全文贯穿着苦难中忽隐忽现的幸福闪电吧，如此悲惨的命运和故事，让人读起来却没有太多的压抑感，不适感。故事一气呵成，时代和社会背景、局势发展若隐若现，曾经的苦难和泪水被风吹干以后，留下的是人性中的善良和可爱，命运中的闪光和美丽，像风中摇曳的野花一样，荒野中淡然散发着一丝幽香，回味无尽……

珍爱当下拥有的一切，珍爱亲人陪伴的日子吧，活着的每一个人，哪能离开这幸福的牵绊……

于 2019 年 6 月

《雪葬》，为那些高高的坚守致敬！

——读长篇小说《雪葬》有感

《雪葬》是一部军事现实题材小说，描述的是坚守在西藏边防最艰苦的地方几个军人的故事，作者茂戈。

全书以第一人称"我"的口吻，分别叙述了战士钟小鑫、诗人金铸在海拔 5120 米的魔鬼峰哨所期间种种难忘的经历和故事。在作者细腻的心理描述、生动的形象刻画、拉家常般娓娓的叙述中，战士钟小鑫、哨所诗人金铸、山地作战高材生秦哨兵、在魔鬼峰哨所坚守 16 年的陈垚老班长等一个个边防军人活灵活现，仿佛就在眼前。云遮雾绕、直耸入天的魔鬼峰哨所，不是被云藏着，就是被雪掩着，魔鬼一样阴森恐怖，又像魔鬼一样神秘莫测。而就在这样的哨所，我们的边防战士用热血、青春甚至生命，为祖国守卫着边防高地，书写着忠诚和使命，谱写着与芸芸众生截然不同的一段生命传奇。

小说以战士钟小鑫获得年度嘉奖，哨所领导当即将一个土豆当作奖杯，给钟小鑫颁奖开始，集中体现了在西藏驻守边防面临的极其艰苦、恶劣的自然条件。魔鬼峰哨所海拔 5120 米，大半年的时间都是大雪封山，与世隔绝。短暂的夏天，偶有晴朗的天空，也会有极度恐怖的雷电冰雹。更有被他们戏称为"来了"的高原病——流鼻血，因为孤独、寂寞经常不说话而后天所患的"失语症”，及长时间留在高原，至今尚无任何药方的“高原依赖症”等各种危险因素。但就是在这样恶劣的条件下，他们依然深深地热恋着脚下这片美丽又可爱的土地，在仅有的月亮、星星的陪伴下艰难地熬过一个又一个冰封的雪白季节，执着的坚守着、奉献着、感动着！

军事题材小说，一群热血男儿及背后的军营为小说打造了满满的阳刚之气和正能量。书中女性不多，出现的央金和小丽、燕子、小雪乃至钰儿作为美丽的点缀，每个人的出现都可谓是惊鸿一瞥，匆匆而来，匆匆而去，忧伤、惊叹。爱情方面的叙述不多，但刻画的女性除了钰儿略显堕落外，热情的央金、美丽的小丽、可贵的燕子都是善良可爱的正面形象，像雪域的白雪一样美丽圣洁。

作者的诗人身份，为小说的别样创作提供了很大的便利。全书以哨所诗人金铸的身份，穿插了很多诗歌，这无疑是画龙点睛，让小说充满了诗情画意、声情并茂。譬如《那姆措清澈大眼睛的少女》：

一位美丽的藏族少女
她能把那姆措的清澈装进自己的眼睛

这是高原天地之间最初的造化
一瞟一瞄，都让我想起天使的温柔

这是最后的清澈，或许七月之后
这是我看到的唯一剩下的妩媚

小心！谁愿意做一只小羊跟在她身旁
幸福地陷入她的眼睛里

这位那姆措清澈大眼睛的藏族少女央金
就坐在我的对面，看着我微笑

魔鬼峰不远处一望无际的草原，几个血气方刚的战士，一个这么沉静、美丽的藏族少女，这画面感就足够吸引人。说到诗歌，书中也用极小部分篇章穿插了另外一个诗人雪涛，以及他的死。这是在钟小鑫不慎葬身雪海后，似乎以“雪涛”这样的名字，更深刻地描画了高原上雪的威猛、雪的惊人和短暂驻守岁月的刻骨铭心。“你听，你听，雪的涛声！雪的涛声！只有在西藏，你才能听到雪的涛声啊”！是啊，只会在西藏，才会有雪的涛声，才会有海拔5120米的哨所，才会有缺氧的眩晕及种种后遗症，才会有没有战争的牺牲……

《雪葬》，书名就是全书的铺垫和玄机。作为一名军人，荣誉高于一切，他在服役期间不管面临多大的艰难险阻都恪尽职守、勇于奉献那都是职责，也是本分。期间面对灯红酒绿的花花世界他们也有过“为什么坚守”的疑问，最终明白“没有意义就是最大的意义”，一语道破固守边防的重大意义。但是作为军人他们有一个无奈的选择，那就是面临着“二次就业”，常听说“当兵后悔三年，不当兵后悔一辈子”，面对必须离散的结局和不可预测的将来，书以哨所撤编、哨所诗人金铸将诗歌埋葬在魔鬼峰顶为结局，将逝去的最美好青春年华连同牺牲了的战友、曾经的荣誉与追求、梦想“任凭岁月封存”，“用雪埋葬”，大有“风萧萧兮易水寒，壮士一去兮不复还”的悲壮和凄凉。

笔墨单薄，无法完整地概括《雪葬》的全部，让我们用最诚挚的情感，为今天坚守在西藏边防线上的各位军人致敬！这高高的坚守，高过蓝天，高过喜马拉雅，他们依然是当代最可爱的人，值得我们每一个人去尊重和仰望。

“魔鬼峰上的男儿，头上闪烁军徽
一起闪烁的，还有天上那刻最亮的星
我们伸手就可以摸到它，同时
也可以摸到祖国和人民的心跳

魔鬼峰上的男儿，任凭岁月封存
我们倔强坚守的意义，不需要解释
如果有一天，我们倒在魔鬼峰
请将我们，用－雪－埋－葬”

西藏全区平均海拔 4000 米以上，每一个在西藏坚守的人，其实伸手都可以摸到“祖国和人民的心跳”，我们坚守的意义，也不需要解释，因为没有意义，就是最大的意义！

于 2016 年 11 月

让心灵在一束暖阳里放歌

——简评散文集《情满高原》

萨娜吉的散文集《情满高原》,以一位女性进藏工作者独特的视角、温柔的情思、激荡澎湃的思绪和细腻的构思,字里行间展现着温暖和阳光。能够将日常生活中的困惑、困苦、痛楚、挫折以达观豁达待之,将心灵升华和精神感悟化作一缕缕阳光感染、温暖着人们。“在蓝天白日的刺射下,没有什么化不开的心霾,心向太阳挫折和困难只是眼前的,再难的事都会有解决的方法和时间,光明和温暖永远在前(《在一束暖阳里放歌》)”。“第一次,发现阳光、空气和自由是等同生命般的珍贵;第一次,发现幸福就是做最普通的事,做最简单的人;第一次,发现活着已经是幸运至极,余下的岁月尽是大赚;第一次,发现团结的力量是真可以救命的,就像所有的树都绿了,所有的草都醒了,春天也就来了(《庚子年,这个春天静悄悄》)”。“‘人民有信仰,国家有力量,民族就有希望’,头顶的太阳带给我们现实的光明和温暖,心中的太阳则带给我们前进的方向和力量,对生活抱有希望和期盼,心中燃烧一团太阳般的火焰,我们在这短暂的人世才可以彼此温暖、耕耘美好(《感谢太阳》)”。能够从最日常的情境中体验真知并温暖传导他人,正是作者自我观察力、感受力和感染力的体现。

更温情于我们的是，作为母亲，作者满怀深情地倾诉着对自己孩子深深的爱。许多进藏工作者的孩子大多都由家乡老人抚养，作者亦是如此。由此生出多少的牵肠挂肚、多少的朝思暮想、多少的魂不守舍，但现实却又是隔空相望、爱莫能助。“在内地上学的儿子川快要放寒假回来了，内心真是激动无比。又一学期一晃而过，转眼已是五个月没见他，思念愈来愈浓，内心有点迫不及待。时间真快啊，尤其是看到孩子的节节蹭高时，真是有一种恍如隔世的感觉”；“或许我们与孩子之间，没有什么是更好，温情陪伴的每一步、每一天都是漫长岁月中最好的日子（《有你陪伴，都是最好的日子》）”。“孩子，那是件留有妈妈体味的小红毯吧，一出世就在你身边，时常裹着你，包着你，是不是像妈妈一样的温暖和亲切？ 而且，纵然妈妈狠心地离开了你，小红毯却一直陪护着你，不曾离开过你，不曾抛下弱小的你，那应该也是另一个妈妈吧？在离别后的数千个日日夜夜，你是不是对着小红毯叫妈妈，抱着小红毯在梦里见到妈妈（《抱个毯子当妈妈的孩子》）”。字字句句，伟大母爱、骨肉之情、眷眷之心，跃然纸上，不禁让我们潸然泪下。

作者的情感是真诚赤热而又纯净的。她赞美并享受着西藏的瑰丽和欣欣向荣、情系着藏民族文化摇篮山南、热爱着家乡土族故地民和、思念着养育自己的亲人、品味着生活中经历的甘苦……“布达拉宫后面的龙王潭公园……而这片水域偏偏又是在闹市拉萨，心若宁静，何事烦扰？生活无处不嘈杂，但宁静只在心里，撇开凡尘俗世回归自然，此刻你也是一个同样沐浴了天地精华的生命……行走八廓街，随着悠闲的人流缓缓而去，脑海中的一切琐事俗务都似乎被这人流带走，漫不经心处看日出日落，闲庭信步里观人群过往，时间从眼眸中滑过，又在记忆里永固(《魔力拉萨，抵不住的诱惑》)”。“最留恋夏日的泽当，天是那么蓝，树是那么绿，清晨的空气中弥漫着桑烟的味道，处处萦绕着藏歌的舒畅旋律(《情醉乃东》)”。“西藏的云，是童话的摇篮。随意变幻，畅快的流动，自由如飞，奇妙如海，无意中点化了四季的时空流转，硬是把红尘人间，描画成了仙界的模样（《西藏的云》)”。“春日雅砻，万物争晖。抬眼处天书湛蓝，白云姿意。山峦静默，残雪为冠。柳吐嫩翠，杨展素蕊。《人间胜地，腾飞雅砻》)”。“他是慈爱的、柔和的，就像那钻天的白杨树，在舒展枝叶抵挡风雨的同时，也会洒下一片温馨的绿荫《柔软的父亲》)”。“杏子快熟了，游子的心也随着果实的日渐成熟回家了，那高高树上的杏子啊，你可一定要等着我……《故乡杏熟时》)”。情真意切，感情浓郁。

细细体悟着散文集中的每一篇，让我们感受着生活的真实、生命的意义和人性的纯真。它是新一代高原人乐观豁达、坚韧坚守，热爱边疆、扎根边疆、建设边疆精神的生动展现。无疑，在新的时代讴歌和弘扬这种精神，对于不断促进各民族交往交流交融、铸牢中华民族共同体意识，意义是不言而喻的。

吉普·次旦央宗

2021.9.23 于拉萨